愁城無處
不飛詩

和權／著

好詩似香茗　細品悟真諦
——序《愁城無處不飛詩》

這是和權的第二十一冊詩集。

在數十年詩創作的歷程中，和權榮獲海內外各種獎項，蜚聲海峽兩岸及東南亞華文詩壇。他每天刊登在臉書上的詩，廣受讀者的喜愛和詩友們的讚賞。其超然的成就，得到菲律賓作家聯盟（UMPIL）的充分肯定，2012年榮獲詩聖描轆杳斯文學獎，該獎為菲國最高文學獎，亦為「終身成就獎」。2021年3月，國家圖書館國圖特藏組徵集珍藏和權寫作的手稿，且將資料數位化。這一殊榮，對一名在海外以華文寫作的詩人，其意義非常重大，是至高無上的榮譽。

此詩集分四輯：第一輯〈花架下・燈影裡〉，第二輯〈梵音大悲〉，第三輯〈今夜無詩〉，第四輯〈月光入夢〉；是和權精挑細選呈獻給讀者欣賞的佳作，約計三百七十首。

眾所周知，詩人要具備豐富的想像力，對周遭事物有敏銳的洞察力，還要有得心應手使用文字的駕馭力。細讀和權的詩後，讀者將知曉，他不僅僅有這三種「力」，還有一顆真誠、慈悲的心。

新冠病毒大流行以來，各國的慘狀令人揪心扒肝。詩人在疫情嚴峻封城期間，創作了許多描述民間疾苦、表達憂思天下的詩篇。這些作品，既有修辭技巧，又結合浪漫誇張的手法，讓人讀罷「憂」而不「傷」，於虛實轉換間產生「柳暗花明又一村」的效果。在此，先介紹其中一首與大家分享：

好詩似香茗　細品悟真諦——序《愁城無處不飛詩》　┃003

〈吞海・嚥日〉

疫情嚴峻。宅在家
今天既然溜出來品嚐
美味　當然要吃它個
翻江
倒海

連落日也不放過

一伸手，抓下紅豔豔的
落日，就著洶湧的大海
送下
喉嚨

　　封城令下，人人都自我禁閉在家裡。一旦封鎖期限一到，迫不
及待「溜出來」的心態，第一段描繪得非常精彩：「當然要吃它個
／翻江／倒海」。這誇張動態的畫面，令人震撼也讓人心領意會。
　　第二段只單獨一行：「連落日也不放過。」
　　若詩人「品嚐美味」在午餐，那就是直至傍晚還是「進行
式」。或許有人會認為詩人是超級吃貨，翻江倒海吃了一頓還不
夠，連落日也要一併吃下去。
　　誤會了。這一行文字承上啟下，有理有趣，意隨景移，順水推
舟不留痕，把詩的境界做了個飛躍性的提升。讀過〈落日藥丸〉的
人知道，「落日」是和權治療憂思，詩意的「藥丸」。至此，詩中
由個人享受物質上的「樂」，上升對天下苦難者思想上的「憂」。
　　此詩起首至結尾，「吃」貫穿全詩。其間，虛實轉換得天衣無

縫。難能可貴的是，和權以淺白的文字，表達出深厚的內涵。與其說這是高明的技巧，倒不如說是真誠的憐憫。生活中的和權非常仗義，對貧困潦倒有燃眉之急的友人，他是「潤物細無聲」的及時雨。故而，品讀他的詩，總會讓人感受到一縷縷人性的溫暖。

這溫暖，源自他內心的「大愛」。當天災與人禍齊發的非常時期，此「大愛」更顯得無比珍貴。詩人對此有貼切的比喻：

〈風中之蓮〉（摘錄）

在疫情的肆虐之下
有散發淡淡清香的情愛

恍如汙泥中長出的
蓮花

詩人以「汙泥」喻當下「疫情」，以「蓮花」喻人性「情愛」。短短四行詩句，高度概括了新冠病毒大流行，以及空前劫難中湧現出的，可歌可泣救死扶傷高尚的情操，並給予形象鮮明的讚美。

和權的短詩曾被前輩詩人稱讚為「華文詩壇一絕」。其主因之一是，他吸收並繼承了傳統詩藝的「言有盡而意無窮」（《滄浪詩話詩辨》），他的詩，留給讀者邏輯思維和發揮想像的空間，咀嚼其深層次的涵義。請品味短詩〈當鋪〉：

到處都是人擠人的
當鋪。很想大踏步進去
啪的一聲，把滿腹憂思
摔到桌上，大叫一聲：當了！

此詩背景：新冠疫情危機重重，停工停產，隔離……

「當鋪」，商賈牟利的店鋪。

典當物品：「憂思」。

物品在當鋪抵押，以換取現款，是常見的社會現象。「到處都有」點明其普遍性。當鋪裡「人擠人」，間接顯示平民的困苦現狀。

詩中，「大踏步」、「摔」以及大叫「當了！」充分體現當事人孤注一擲的心態。詩句至此戛然而止（言有盡），結局呢？留給讀者去推理（意無窮）。

筆者給提個醒，「很想」，詩意中不確定因素的關鍵詞。上述情節，是腦海裡一段無聲的「彩排」，「很想」，純屬當事人的一廂情願。「憂思」無價，究竟能否把「憂思」當掉，測驗讀者的判斷能力。

本書名《愁城無處不飛詩》，原句型是唐代韓翃〈寒食〉的「春城無處不飛花」。和權活學巧用，換了兩個字，非常鮮活顯現出當下時局的狀況。

「愁城」，一詞二義：其一是封城，困坐家中愁苦的處境；其二是憂愁惘然無奈的心境。

「詩」，與「思」諧音，取前後二字，即成「愁思」──憂思。因何憂而「詩」之？請看：

〈驚豔時光〉（摘錄）

怨歎是詩
饑腸的轆轆是詩
連親人遽然離去的
痛楚　也是詩

新冠病毒在漫天狂舞，每日驚心動魄的新聞，幾乎令人窒息。詩人一揮筆便完成了兩首詩（〈愁城無處不飛詩〉和〈驚豔時光〉）。這一點，筆者不感驚訝，因為本詩集裡的詩，至少有六成是他「一筆成」的。

　　和權的憂思，何止是疫情。「變異病毒。核廢水／戰亂。饑饉。洪災……」（摘自〈樹的腳步〉）都讓他憂鬱愁思。

　　件件懊惱催逼一夜白髮的憂思
　　化作詩人筆下撼動心弦的短詩

　　和權的筆蘸著悲天憫人的情感，記錄下新冠病毒（及其變異），造成人類浩劫的慘烈實況。且不說這些詩（憂思）技巧之妙、境界之高、格局之大，這是見證歷史的詩篇，其珍貴的價值，遠超詩藝本身。

　　筆者相信，在此談「病」色變、聞「毒」喪膽的特殊歲月，本冊詩集，既是驅除「汙泥」穢氣，散發正能量的「蓮花」，也將是菲律賓華文詩壇的璀璨亮點。

每一朵花，都要讓蒼穹流一滴血
——序《愁城無處不飛詩》

初識和權先生，就被他辛辣的手筆折服。

我曾在〈詩的八種武器〉中調侃先生的詩，像魚腸劍，短小精湛，鋒利無比。

先生默許。以致成為小詩四劍客標榜。

從相識到相知，先生再次折服我的是先生那顆仁慈的心和無私的胸懷。

這是先生第二十一本詩集。

是以記錄瘟疫下感悟為主的詩集。先生雖衣食無憂，但以一顆無私的心，憐憫天下蒼生。如：

〈黑咖啡之一〉

再黑
也黑不過長夜

再苦
又怎能比生活苦

一杯在手
你　品嚐的是疫下眾生

的

悵愁

　　在這首詩裡，和權先生以黑夜和生活為襯托，再用眾生穿針引線，從社會的底層揭示，瘟疫給普通人帶來的艱辛和陰影。

　　咖啡是苦的，黑咖啡是黑色的。這兩種特性正是這次瘟疫的縮影。

　　然詩中結尾最後一個字──「愁」，也是一首詩的精華所在。愁像一把雙刃劍，既夾雜著詩人的感慨，又暗合著普通人生存的艱辛，可謂是神來之筆。

　　借景抒情是詩人常用的手法，和權先生也無例外。那麼我們再看：

〈疫情下的岷灣〉

夕照下。一張空椅
癡癡地等著
那對親密的
情人

恍如等候大城市昔日的
榮景

願那對情侶安康無恙
願椰樹下仍有說不完的
情話

先生借力打力，從一張空椅為突破口，寫出瘟疫下岷灣的蕭條。正因為封城，人們足不出戶，昔日繁華，已經不復存在了。

樹下椅子上的情侶，應該是先生經常看到的。現在，樹還在，椅子也在，而那對情侶呢？

是被封在家呢？

還是遠走他鄉呢？

或者遭遇不測呢？

一串串的疑問也在讀者的腦海裡浮現，也將詩人的一種無奈、一種憂傷渲染的淋漓盡致

當然，鐵漢也有柔情的一面，我們再讀：

〈浪漫的色彩〉

疫下生活不易。心中
卻有一份從容　宛如漫漫
長夜裡的月光　即使人間
悲苦　也有淒美浪漫的色彩

初讀這首詩，直覺是一種苦中作樂。但是如果細品，卻發現另有玄機。先生與我，雖不曾談佛，但彼此都在學習佛家學說。在一個人的修行中，共分三個階段：勘破，放下，自在。

勘破比如見山是山，見水是水。

放下比如見山不是山，見水不是水。

自在比如見山只是山，見水只是水。

先生的境界已經達致自在的境界。所以暗淡了世俗，也暗淡了疫情下陰暗的氛圍，從容地面對人生。

當然，這首詩有著一種正能量。從古至今，唯有光才能洞穿黑暗，也代表著希望。

　　那麼，這首詩的寓意也明顯了，是希望這場瘟疫早點結束。

　　我瞭解先生的，先生是以一顆虔誠的心祈禱，祈求世人早日擺脫瘟疫的疾苦。

和權詩歌憂患意識及藝術鑑賞

李悦岭

　　品讀菲律賓著名華語詩人和權先生的詩，總是為詩中呈現出來的憂患意識及精神打動。憂患意識涵蓋君子憫天憐人的慈悲之情。近幾年，天災人禍不斷，詩人不能置身事外，詩人的職責和社會擔當必須在詩文中有所體現。

　　和權先生的詩體現出強烈的時代感，對美讚譽或對醜鞭笞，力透人性，意欲在無奈、惆悵、悲苦的現實中發出抗爭的聲音，增強歷史的記憶。和權對詩歌素材涉及廣泛，對材料要求有其成熟的定義規範，這樣寫出的詩思想深遠、內涵豐富，極具藝術感染力。從大寫意的「歲寒三友」就能看出和權詩的藝術特點及開闊的文學視野。語言反諷促成了批判現實主義行文基調，衍生出良心寫作的文藝思潮。

　　〈歲寒三友〉

　　宅在家。鋪開宣紙
　　想畫一幅歲寒三友圖

　　松、竹、梅　卻畫成了
　　牽著的腸　掛著的肚

　　古典意境是和權詩歌精神的土壤。松、竹、梅君子氣度，煥發詩人創作激情，詩人筆下的世界不只是意境，還有詩人意識下隱藏

著一雙「牽著腸，掛著肚」透視現實的眼睛。在〈歲寒三友〉這首詩裡，我們看到詩人已經從松、竹、梅歲寒三友圖意境中走出，筆鋒一轉，走進一個更宏大的語言場。詩意與靈魂融合，意象與現實碰撞，慈悲仁愛的普世情懷及思想架構是這首詩塑成的主要因素。以致產生新的思考空間。

強烈的憂患意識和改變詩歌現狀的思想促使詩人變得成熟，在善於思考的內心深處表現出了豐富的人生經驗和堅強意志。為了強化詩的質量和形式，詩人有意把自己化作意識中的「長頸鹿」，著意暴露內斂的精神氣質以及簡單而善於變化的獨特個性，最大可能完善一首詩的結構審美。請完整欣賞和權先生這首〈長頸鹿〉，感受詩中變化或看詩人怎樣形象地刻畫長頸鹿內在的高貴、典雅、自尊的精神品質以及對情感和愛的深刻挖掘？

〈長頸鹿〉

縱橫四海
未曾低眉、俯首

卻甘願
化身為長頸鹿
隨時為
妳
低下頭

知否
愛　就是為妳低下頭

「長頸鹿」儼然成了詩人心靈昇華的象徵。詩人和權甘願把自己比喻為縱橫四海的長頸鹿，有其對詩歌改造的訴求，這個形象既符合詩人認知的敘事特點，又恰合詩歌主題所要表達的涵義。雖然表現的是藝術化了的長頸鹿，展現的卻是對愛深切執著，或者真實地還原出為愛低頭的真正理由。詩人真的用心良苦，在句式轉合隱喻下，「為愛低頭」不再是一句簡單的示愛口語，而是全詩出彩的最大亮點。語言充滿了神奇變數，創造出的詩歌意境更加深邃。

　　風格迥異的藝術展示是詩人審美的綜合體現，語言是一種無法言說而產生奇幻的東西，對於詩人精神訴求和詩藝探尋，首先從語言開始，深度暗喻的象徵、人性剖析極大回歸詩歌本質。請看和權先生的另一首詩〈你是誰？〉：

〈你是誰？〉

一陣掠過綠林的風
飛越千山的鷹鳥
夜半悠悠響起的鐘聲
橫在湖中的孤舟
水面上暗淡的星星
天上一顆碩大無比的
淚

禿枝上乍然爆出的一朵
小紅花

　　文字間充滿了神祕詭異，低沉、寂寥、孤獨隱藏著世間的疾苦，詩人用象徵藝術手法把「天上一顆碩大無比的淚」的意境展現

出來，這個沒有被詩人避諱的意象，承載著詩人莫大的無奈。在他身後，那種無法承受的黑暗之境，蘊含了現代詩偉大的悲歌抒情。詩人沒有在集體失憶的時代選擇逃避。而是把敘述的中心和疑問對準了自己——「你是誰？」「你是誰？」是一個自問自答富有哲理的標題。換言之，是詩人自我拷問批評意識的覺醒。當詩句「禿枝上乍然爆出的一朵小紅花」出現在大家眼前時，整首詩意境豁然開朗，這個世界已經不再迷茫，充滿希望的靈魂活躍起來，人生理想得以鞏固。看得出，精神乃是提振文化基因延續的積極因素。

　　和權的詩技術上力求簡練、精緻，風格多變，語言格調在特定環境下與文字契合，形成獨特的詩歌語境。而在另一些作品中，批評現實主義思潮來勢洶洶，詩中不乏反諷，呈現出詩人憂患悲憫之情。面對時下疫情來襲、戰爭頻發、核廢料排放、饑饉對人類摧殘，詩人有話要說，用良心為世界代言。〈疫情下的世界〉、〈殖民地〉、〈浪漫的色彩〉等充滿了悲劇色彩，對天下蒼生充滿了無限的同情，在艱澀的行文中，詩人壓抑住內心的惶恐、無奈、惆悵，神奇地喊出「即使人間／悲苦……也有淒美浪漫的色彩」（〈浪漫的色彩〉）。詩人身上體現的悲壯的浪漫主義情懷及人文精神，昭示著反諷思想與批評意識正朝著現代詩歌理論多元化前進。風格、模式、句式和內容在變化中形成了和權詩歌的風格，體現了欲破則立的創新理念。

　　我們再看看和權先生另外一組詩，對生命體驗和情感把握算得上驚豔。〈一張舊照片〉、〈驚豔不已〉、〈大海‧星月〉、〈不會忘記你〉、〈愛是有你的陪伴〉、〈星洲白米粉〉等，不論是寫親情、愛情，還是友情，都寫得不凡，挖掘得深。甚至大家公認的一些常識，也成了發人深省的警句：「愛，不就是我陪妳一起走下去／一起／白頭」（〈愛是有你陪伴〉）。詩人和權寫情感一類的詩，闡釋得深，刻畫到位，乾淨不摻一絲雜質。

在欣賞和權詩的同時，就會發現一個現象，詩人對每一首詩處理有其獨特的地方，結尾總是出人意料地抖出哲理性語言，讓人頓悟或陷入沉思。那種感覺就是「面對災難不是退潮後的絕望」，而是像〈平安夜〉表達「寧可心醉，也不要心碎」的心靈豁達。

和權先生創作的作品豐富多彩，每一首詩有每一首詩鮮明的特點，表達的方式不同，刻畫出詩之肌理不盡相同。他的詩有讚譽，有悲憤，有憐香惜玉的純情之美，有出世悟道的超然禪境，有生命至純的意志永恆。總之，和權先生創作的詩歌蘊含著人生寶貴的經驗和深刻的哲理，從中體現出詩人非凡才華，與鮮明的個性。正是這些優秀品質，拓寬了新詩發展的空間。

祇有真情永在
──兼論詩人和權的悲天憫人

　　詩人和權寫詩凡六十載，著作等身，出版詩集詩論共二十一本，其風格除了保持一貫的簡約凝鍊外，也予人餘韻無窮、含蓄內斂之感。更重要的是，詩人始終懷抱一顆慈悲為懷、悲天憫人之心，關懷人間疾苦和刻骨的痛不時縈繞詩人胸中。以下將列舉數詩以證之。

　　首先讓我們看第一輯〈花架下‧燈影裡〉之〈黑咖啡之一〉：

　　再黑
　　也黑不過長夜

　　再苦
　　又怎能比生活苦

　　一杯在手
　　你　品嚐的是疫下眾生
　　的

　　悵愁

　　眾所周知，從2019年底，新冠肺炎即肆虐全球，至截稿日止，已超過三百萬人死亡（2021年4月）。際此時刻，詩人只能將心中

鬱悶化為文字。再苦，能比生活苦嗎？詩句的第二、三行詩人即以關懷眾生的情懷提出疑問：黑咖啡能比生活苦嗎？一杯在手，詩人品嚐的不是香醇的咖啡，卻是眾生的惆悵、悲苦。字裡行間我們清晰見到詩人的一顆憐憫之心。

請再讀同一輯中的〈黑咖啡之二〉：

> 在一杯香醇的咖啡中
> 看人生。苦，是必須的
>
> 不苦，也就對不起味覺
> 枉費造化巧妙的安排了

同樣寫黑咖啡，卻是以另一角度來剖析，詩人筆鋒一轉說：看人生，苦是必須的。這裡正符合佛家的眾生皆苦、有情皆孽的大乘佛理。接下來詩人又說：不苦，就對不起味覺和造化巧妙的安排了。將一個眾人皆知卻又不願承認的事實呈現出來。誰說不是呢？這邊造化的安排，暗含佛家的劫難、天道的運轉皆有定數之意。

事實上，在詩人眾多的疫情詩中，皆呈現出這一種關懷眾生的慈悲主題。

如〈悵愁十二行〉中：

> 夜空那顆碩大的眼淚
> 是否忍得住
> 不掉
> 下來？

〈地區封鎖〉：

封鎖得了變種病毒
又何嘗能夠封鎖憐憫
和

愛

〈疫下歲月〉：

說著笑著
怎麼臉上竟掛著兩行
清淚

〈落日的心事〉：

落日
心中牽掛的是
饑饉比新冠的蔓延更
快

　　等等數詩，均可看出詩人的一顆慈悲心和憐憫心。大家不妨用心品讀，以印證筆者所言非虛。
　　古人云：詩是情感憂傷的產物。人類的感情由於受到生活和本能慾望影響，負面情緒則更容易引發我們的傾訴和表達。這邊的憂傷我們無妨理解為憐憫或惻隱之心。而詩人和權在此本詩集中所寫的無數感人至深的疫情詩即為「憂傷」二字寫下最佳的註腳。
　　詩人和權擅長寫情，舉凡人與人之間的感情（親情、友情、愛情），人與物之間的感情（一花一木，一事一物），皆為情之所

繫，而這種感情正是現代詩壇，包括兩岸三地最最缺乏的一種詩的元素。縱觀當今的所謂現代詩，為了創新，為了技巧，我們幾乎讀不到一首發自內心充滿感情的好詩，這也是為何詩人和權的小詩能夠一直令人驚豔，甚或眼前一亮的原因。

讓我們再讀下面這首充滿真情的小詩〈母愛〉：

> 煙囪
> 每天在蔚藍的
> 天空　寫詩
> 而車子比詩人還多
> 寫得更加勤奮
>
> 落日沒有憂傷
> 因為汙染讓它看起來
> 更加
> 紅豔豔
>
> 只有日本漁村
> 那個患有先天性侯病
> 嬰兒　靜靜的
> 躺在母親的懷裡
> 用他的軀體　連同母親
> 慈愛的眼光
> 靜靜地向全人類
> 控訴

這是一首關於環境汙染並對人類提出控訴的詩，在這邊有必要

先說明一下：所謂先天性水俁病是由於母體攝入有機汞汙染的食物（魚類或貝類），並通過胎盤引起胎兒中樞神經系統障礙。1953年，首先發現於日本的熊本縣水俁灣附近漁村而得名。

曾有許多人寫控訴環境汙染的詩，例如名詩人余光中的〈控訴一支煙囪〉：

風在哮喘，樹在咳嗽

而你這毒癮深重的大煙客啊

仍那樣目中無人，不肯罷手

余詩用直陳的擬人法，暗喻汙染環境資源的工業煙囪是一個大煙客。而詩人和權卻巧妙地透過一個母親慈愛的眼光和嬰兒殘障的軀體，對人類提出控訴。寫法則更能觸動人心，並生惻隱之心和憐憫之情。

也許再讓我們看書中的第三輯〈今夜無詩〉中另一首歌頌母愛的詩，〈給母親〉：

時光在暈燈下流

記憶在筆端上晃動

懷念與感恩是詩之清澈水底

的

溪石

沉沉　壓在心裡

不分晝夜

自古以來歌頌母愛的文章和詩篇可說是不勝枚舉，如何表達對母親的懷念與追思呢？詩人沒有直接說明（含蓄內斂），只告訴我們懷念與感恩是一首清澈見底的詩的溪石，而這塊溪石一直壓在詩人胸中。縱然時光流逝，對慈母的記憶卻不曾或忘，在心間也在筆底，日日夜夜。

　　詩人不落俗套的寫法，讓人耳目一新，而詩人對母親的懷念之情卻也同樣讓人感動不已。

　　書中關於情的小詩俯拾皆是，如〈雨中小紅花〉：

　　綠葉間　一朵深深凝眸的
　　小紅花

〈輕吻〉：

　　不喜歡
　　人間的悲苦碰觸我的柔腸

〈等妳千年〉：

　　畫她溫柔路過　頷首而笑
　　靜默不語　似曾相識

〈你是誰？〉：

　　禿枝上乍然爆出的一朵
　　小紅花

等等數詩，或歌頌美好，或讚美善良，均可看出詩人情真意切的一顆真心和滿滿的正能量。

中國古代的詩話詞話皆強調一個觀念：「只見性情不見技巧，即是最高的技巧。」詩人和權的詩雖以真情見長，但卻非沒有技巧，只是當讀者們讀他的詩時，往往先被詩人的真情打動，此即謂「見性情，不見技巧」。試以第二輯〈梵音大悲〉其中一詩〈貓詩八行〉舉例說明：

思念是
一隻貓。總在夜裡
翻牆，且霧靄般悄悄
悄悄地
潛入
妳的
夢

窺視夢中的祕密

這是一首非常精緻的小詩，詩分二段，八行共三十三字。一開始詩人即明言：思念是一隻貓。貓靈動活潑而且總是在夜裡翻牆，神奇的是詩人筆下的貓，卻悄悄地潛入「妳」的夢裡。誰人的夢詩人沒有說明，因此可以是任何人，以增加詩的張力。如何潛入？悄悄地。這邊詩人用「悄悄地」一詞不難理解：第一，貓的腳步就是悄悄地；第二，要潛入別人的夢，當然必須悄悄地，以免驚醒對方。怎麼樣的悄悄呢？「霧靄般」三字可說是用得極具精準且巧妙。霧靄即霧氣，宋代晁補之〈水龍吟・寄留守無愧文〉詞曰：「望隋河一帶，傷心霧靄，遣離魂斷。」和權何以用霧靄一詞？請

看詩人接下來的一句——「潛入妳的夢」。事實上，筆者想不出有什麼字詞能比「霧靄般」三字更好、更貼切地表達出「思念」潛入對方的夢的形容詞。這邊霧靄相對於夢，也有一種飄渺不真實的感覺。進入對方的夢做什麼？窺探夢中的祕密。如此布局推進讓人驚訝於詩人的匠心獨運，精妙絕倫。此之謂「日有所思，夜有所夢」，卻是透過一隻貓，霧靄的，悄悄的。

除〈貓詩八行〉之外，再與大家分享以下數詩。〈筆〉：

這支橫笛
響起　悲音
淒美了漫漫的
長夜

有時候
是短劍
突地刺向夜空
讓天光瀉了下來

〈劍〉：

不出鞘
是因為懷有憐憫之心

掛在壁上
是提醒自己不要露出鋒芒

〈佛珠〉：

不同的膚色
原來可以這樣融洽相處

〈微醺〉：

每一盞燈
都在窺視你的悵愁

〈時間，無可遁形〉：

甚至一張滄桑的臉
都有它的，
蹤跡

　　等等，均有異曲同工之妙，或用超現實手法或用以物擬物、對比、象徵等不一而足的技巧適切地應用到詩句裡面，使詩的創作更具藝術性和思想性。

　　此外在輯一〈花架下‧燈影裡〉之中還有一組以反戰為主題的組詩（共四首），深為筆者所喜，即〈麥堅利堡〉之一至之四。作者在詩後備註：第二次世界大戰期間，三萬美軍在太平洋地區戰死，其中一萬七千有骸骨者，以十字架刻成等距，安葬於菲律賓馬尼拉市郊的一處墳場，即麥堅利堡（Fort McKinley）。菲華詩人以〈麥堅利堡〉為題材所寫的詩可說是不計其數，就是臺灣的羅門、洛夫等著名詩人也曾寫過〈麥堅利堡〉（羅門〈麥堅利堡〉，洛夫〈白色墓園〉）。如何在眾多的創作中另闢蹊徑，呈現給讀者不同感受的反戰情懷，則看詩人的功力。現在讓我們先品讀詩人和權的作品。〈麥堅利堡之一〉：

走進墓園
寧靜的氣氛中
仍有淡淡的火藥味

草地上
一排排整齊的十字架
看似一本精裝書的封面

不要翻閱
在戰爭與和平之間
夾著一聲聲撕心裂肺的
慘叫

　　筆者數年前，曾與友人到麥堅利堡憑弔，整齊的十字架排列成一行一行，甚為壯觀，予人肅穆莊嚴和震撼之感。我想像著當年戰場驚心動魄的一幕，前線的戰士們在槍林彈雨中穿行，如今只剩下讓人瞻仰的聖地，心中不無感慨。而詩人悲天憫人感性地說：「不要翻閱／在戰爭與和平之間／夾著一聲聲撕心裂肺的／慘叫」。正是詩人這種反戰情懷，從「情」字著墨最後仍然回歸一個「情」字，叫人心折。詩人沒有批判，沒有吶喊，只是靜靜地看著墓園裡排列整齊的十字架，通過想像將心中的意念傳遞給讀者，讓人深深地感受到戰爭的殘酷與無情。這組小詩在眾多的抒寫「麥堅利堡」的詩中仍能叫人心動甚或感歎，並生出對戰爭厭惡之感，不是沒有原因的。讀者諸君不妨再細心欣賞組詩中的另外三首。
　　之二：

陰魂
　　對著天上一顆碩大的
　　淚

　　想家

之三：

　　子彈
　　無論射中誰的心臟
　　你都會感到
　　痛

之四：

　　風吹過。卻帶不走滿園的
　　硝煙味
　　和

　　鄉愁

　　詩人痛恨戰爭痛恨砲火，以一顆慈愛善良的心看待世間萬事萬物，在這一組反戰詩中可說表露無遺。
　　最後筆者僅以詩人和權多年前一首歷久彌新的小詩〈眼鏡〉來結束本文：

　　眼前的一切

都看得
清清
楚楚

祇要
透過厚厚的
智慧

　　不錯，只有透過智慧，才能更清晰和明確地讀出詩人詩中的內
涵和意蘊。
　　因為真情永在。

戰疫‧戰役
——「城」「堡」間猛志常在的戰地詩聲

侯建州

　　菲華經典詩人和權在全球飽受新冠肺炎之苦的這兩年,仍舊筆耕不輟,將把詩作結集成冊出版,新的詩集名為《愁城無處不飛詩》,是取其集中一詩名為集名。不難推想,此城即是因疫情嚴重而封城已久的馬尼拉,城愁自是因疫之故。防疫若作戰,疫區即戰地。幾次通話提到想回菲探望親友的念頭,好友總是不忘叮囑我在最安全的所在,台灣群島疫情控制得宜,千萬不要出國。時時刻刻在疫區戰地出生入死的詩友囑我為其絕處逢生的詩集作序,這是疫中之誼,亦是役中之義,我義與誼皆不容辭。

　　實際上,詩人和權先前的詩作如〈落日藥丸〉、〈熱水瓶〉、〈鐘〉、〈詩－給垂明〉、〈橘子的話〉、〈眼中的燈〉、〈滿園的小白花〉……等詩,都是我在金門大學教授「東南亞華語文學文化」與「華語語系文學」(舊稱海外華文文學)及現代文學選讀…等課程,常常拿出來討論的作品。其中〈落日藥丸〉更是我在台灣太平洋國際詩歌節「詩人選詩」的活動中,特別選出用雙語(華語、菲語)朗讀的詩作。著作豐富的他,即便只有以前的詩集,也絲毫不會削減其在菲華文學史上的分量。難能可貴的是,他並沒有因此自滿而停滯,仍舊一如從前持續創作,宛若永不放棄的戰士,這份勇猛的毅力實在令人肅然起敬。即使不讀其書面文字,以和權這一詩人為一文本,這樣的行動,實可視為一種行動詩。當然也是因為詩人對於詩有深情真情,日復一日,年復一年,一如他熱愛家人與朋友,但平時寡言少語的他,重然諾,即便沒說出口,常是直

接以行動為言語。詩集中有一首詩〈愛是有你的陪伴〉「從1971年到2021年／沒有誓言／只有半世紀的／相守／愛，不就是我陪你一起走下去／一起／白頭」此詩文字質樸如平日所喝的開水，精神與情感卻是那般的真切實在，絕非空言，與和權熟識的人，相信都能感受到該詩一字一句的重量與心意。那五十年前沒有特別聲明的誓言，都在這首平淡而不平凡的詩中擲地作金石聲，這詩應當是他為相守半世紀的伴侶而作。

然而，和權的詩齡比他的婚齡更久，早已超過半世紀，除了更早菲華文藝講習班的臺菲因緣。或可談談本詩集中與我有特別緣分的組詩〈麥堅利堡〉。記得是去年（2020年）我和學生至金門的睿友文學館參加活動，結束後與學生在附近一起吃麵，吃到一半就收到和權的來訊，訊息裡就是這組詩，一看之後非常興奮，因為前一天我才在課堂討論了和權的舊作〈滿園的小白花──參觀麥堅利堡有感〉，而我也在當日不久前於台大台文所的「第四屆文化流動與知識傳播國際學術研討會」上發表〈「麥堅利堡」的重構與再現──論羅門的兩首菲律賓美軍公墓詩寫〉，文中就提及了和權及其他菲華詩人對於羅門詩的評論。但因為該文集中處理羅門，對於和權的詩作討論相對較少，非常可惜。所以，今年九月在中山大學「台灣東南亞區域研究研討會」上，發表以羅門與和權為討論核心的「麥堅利堡」論述。實際上，羅門1962年首次發表〈麥堅利堡〉，這首詩對於台菲交流、菲華文學與華語語系都有無可比擬的意義與影響。羅門並非時序上第一位寫菲律賓美軍公墓的華語現代詩人，第一位是1961年發表〈馬金利堡〉的余光中；也不是第一位以〈麥堅利堡〉為詩名發表的華語詩人，第一位是1961年發表〈麥堅利堡〉的覃子豪。然而，時序上落後前面兩位詩人，羅門在隔年發表的〈麥堅利堡〉卻後來居上，震撼了詩壇，也成為其最知名的代表作。菲律賓幾位重要的菲華詩人如雲鶴、謝馨都曾去信羅門，

甚或撰文表示對此詩的推崇，可知此詩在菲律賓華文文學場域之份量。和權對於此詩也是十分推崇，曾在其評論〈迷人的光芒——試論羅門的詩〉中直接表示：

> 羅門的〈麥堅利堡〉是他最具代表性的傑作，此篇有獨特的運鑿技巧，無論在深度廣度與強度密度方面都已接近至高的藝術境界，曾於一九六七年榮獲菲總統馬可仕金牌獎。

若再觀其寫給羅門的信，更可知此詩作在和權心中的位置：

> 最近讀了國內多位詩人以「麥堅利堡」為題的詩作，比較之下我覺得你的〈麥堅利堡〉寫得最出色，給人印象最深刻，我昨夜重讀你的〈麥堅利堡〉，深受震撼直呼過癮而拍桌叫絕。

和權這封信裡對羅門這首〈麥堅利堡〉推崇備至。若細思羅門此舉，實在藝高人膽大。同題詩之寫作，大多承前人名篇佳作之後，故往往以創新變化爭勝。清金德瑛指出：「大抵後人須精刻過前人，然後可以爭勝。試取古人同題者參觀，無不皆然。苟無新意，不必重作。」有創作經驗者皆知開發創意，後起難繼。文藝創作能發現「前脩未密」處，而致力「後出轉精」之表現，已屬難得；即使揚棄陳窠，進行求變追新之構思與經營，亦非易事。當然，羅門此詩寫〈麥堅利堡〉的確有其獨到之處，也對前人之作有所超越，無怪乎成為經典代表作，是菲律賓美軍公墓地景書寫的絕對重要的一章，也成為台菲交流無可取代的一筆。值得注意的是，羅門於二十九年後的1990年，自我挑戰，又發表了〈一直躺在血裡的「麥堅利堡」——二十九年後，我與風與雨又來看你！〉。這不是一件容易的事，尤其成名大家，重寫同一題目，若無新意，往往

有江郎才盡之譏的風險，這其中的勇氣不可謂不大。

　　更值得注意的是，與羅門交誼甚篤的菲華詩人和權，於1991年挑戰這已被羅門、洛夫、覃子豪、余光中等大詩人寫過的主題，又是菲律賓的指標地景。當時和權早已成為華語詩壇極具特色的健筆大家，已創作如〈落日藥丸〉、〈橘子的話〉等甚多精彩詩作，獲獎甚多，已是菲華文壇重要的經典詩人。當年元月於《菲華文藝》副刊，刊出一首〈滿園的小白花－參觀麥堅利堡有感〉。這首詩收入和權目前唯一一部菲華英三語詩集《眼中的燈》，該詩集出版於2011年，由Kaisa Para sa Kaunlaran刊行，該部詩集亦入圍菲律賓的年度最佳國家圖書獎。

　　若從「同題競作」的角度觀之，同一詩題大家名家輩出，名篇佳作琳瑯滿目，欲超越，因者之難巧、開闢之難為，突破超越之難能，處窮必變之難得，可以想見。而菲律賓土生土長的成名菲華詩人和權在菲律賓的在地刊物挑戰此題，甚至有在地人書寫的榮譽問題，壓力之大，更是難以言喻。在我的論述裡，指出和權該詩除了在藝術形構上，結構簡潔清楚，但寓意精悍深刻。主要使用的意象十字架貫串全詩，與標題〈滿園的小白花〉相互呼應，剛柔並濟，大小互見。相較於前面幾位大師之作，視角翻新出奇，更難能可貴的是該詩以詩人的在地位置出發，以「全球南方」視角反思批判，藉由菲律賓美軍公墓的地景詩寫，在文學的重構與再現中，讓戰爭紀念碑成為反思戰爭的關鍵，極具批判能量，亦在註中以在地知識修訂了前輩作者對於歷史認識的訛誤，該詩也成為詩寫菲律賓美軍公墓的經典之作，誠可謂於「前修未密」處，穿之，鑿之，進行「後出轉精」之開拓與發明。後來，有更多的菲華詩人也開始嘗試書寫「麥堅利堡」，發展出菲律賓在地華語語系書寫的獨特題材與傳統，成為蕉風椰雨外的獨特人文風景，而和權該詩的指標位置迄今仍舊屹立不搖。

無獨有偶，詩意的漫衍似也有冥冥的天意，又過了二十九年的2020年，和權也挑戰自我，再次書寫「麥堅利堡」。書寫召喚記憶的同時，自然形成重層而流動的情感結構；這次更變換了書寫模式，以組詩的方式，寫了四首短詩，可分觀亦可合視，更可以與前作參照。此組詩依舊是精悍，一貫地反思戰爭。當然，世界的變化未曾止息，疫情一如戰爭，受苦者往往是資源相對較少的國家與人民。時移世異，詩的指涉也無盡流轉，可以反思的對象也絕不僅是二十九年前的霸權，也可能批判了蛻變雄起，屠殺百姓、四處恫嚇威逼拐騙各國人民的新霸權。

　　兩個二十九年，從1962到1990，再從1991到2020，也不只從當時台灣的羅門到當下菲律賓的和權，時間仍然繼續在走，詩人從少年長成暮年，仍有猛志創作不已，「麥堅利堡」依舊屹立在「馬尼拉城」，詩的歷史也仍舊不停翻往新的一頁。從惡靈厄凌至惡靈厄噎，依舊是大疫之年，願已逝者皆能在詩中安息，亦盼餘下世人皆能克服此役，度過此疫。「愁城無處不飛詩」，是詩人轉愁為識、化愁為詩的眼與心，心中一念如鏡中之眼，映照世界大千。也期盼詩人珍攝，猛志常在。在世界與詩界中持續勇敢堅毅地以詩抵抗病疫，持續以詩闢拓意義，攻克一場又一場詩與思與識的戰役，是為序。

CONTENTS

第三輯　今夜無詩

第四輯　月光入夢

附錄

第一輯

花架下・燈影裡

吞海・嚥日

疫情嚴峻。宅在家
今天既然溜出來品嚐
美味　當然要吃它個
翻江
倒海

連落日也不放過[1]

一伸手，抓下紅豔豔的
落日，就著洶湧的大海
送下
喉嚨

花架下・燈影裡[2]

在宵禁前夜。菲馬加智綠帶[3]
的一家餐廳，仍然歌聲不斷

---

[1]　「落日藥丸」治憂思。
[2]　三月以來，大岷尼拉地區疫情突漲，將再度實施宵禁。
[3]　馬加智綠帶：馬加智（Makati），又譯馬卡蒂，是組成菲律賓馬尼拉大都會的十六座城市之一。馬卡蒂是菲律賓的金融中心，全國最高密度的國際企業與本地企業集散地。綠帶（Greenbelt Mall），是該市區內集餐廳和購物為一體的一處購物中心。

許多人在花架下　燈影裡
流連，聆聽歌手的彈唱

待疫情過後
當再次彈唱浪漫歌曲時
你在哪裡？我在哪裡？
歌者，還是原來那位略帶
憂鬱的
歌手嗎？

——《詩人俱樂部》2021年3月15日

落日的心事

默默
無語
落日臨別時
似乎眼眶泛紅

海風替他
說了一些
浪濤也說了一些
新月卻搖了搖頭：

落日
心中牽掛的是
饑饉比新冠的蔓延更
快

——《小棧詩報》2021年2月25日

茉莉花

茉莉花。彷彿
聞到童年的氣息

媽媽最喜歡的
花。像是她哼的歌

歲月已去遠
淡淡的清香猶在

——《有荷文學雜誌》投稿園地2021年1月29日

筆

這支橫笛

響起　悲音
淒美的漫漫的
長夜

有時候
是短劍
突地刺向夜空
讓天光瀉了下來

　　　　　　　　　　——《詩人俱樂部》2021年1月28日

一張笑臉

「若是確知有輪迴
來生想做什麼？」
她細聲問

一生兩萬日
除了讀書、寫詩與行善之外
全用來
思念
吾愛

她笑了
笑得比燦星還

亮

——《詩人俱樂部》2021年1月22日

疫下歲月

坐在
泳池邊
自己與自己對話
只談風月
不說悲喜

說著笑著
怎麼臉上竟掛著兩行
清淚

——《詩人俱樂部》2021年1月26日

夕陽深處

那緩緩
流往夕陽深處的大河
是你遼闊的胸膛中

憧憬的景象
你總想：
那非常遙遠而美麗的地方
一定就是極樂世界了
究竟
住著一些什麼樣的人呢？

有一天。你會在那裡
見到慈祥的母親？
會不會遇見那些提早離去的
好友？

* 詩後：特別懷念雲鶴、夏默、林泉、莊垂明、月曲了。

——《有荷文學雜誌》投稿園地2021年1月20日

飲酒・賦詩

——「且樂生前一杯酒，何須身後千載名。」（李白）

有酒就盡情歡樂
有溫柔貼心的知己
就好好憐惜。管他什麼
虛名不虛名

不為身後名迷惑
更不困於人生
能飲就飲　能愛就愛
且舉筆寫下絕句
賦詩
自有賦詩之痛快

還是暢飲一杯　少想身後
之事吧

——《詩人俱樂部》2021年2月2日

北極熊的話

在天災與人禍的狀況下
一隻北極熊深情地
望著牠的兩個幼崽
自語：
愛是什麼啊？

良久
才自己回答：
愛是陪牠們長大

——《詩人俱樂部》2021年2月7日

麵包與愛

都說沒有麵包
就沒有愛情

蘇丹一對獲得救助的貧苦姐妹
覺得有飯吃是最大的幸福

姐姐緊抱著妹妹，流下眼淚
而妹妹用手輕輕撫摸姐姐

什麼是愛啊？
它，不就是貧富都與你相伴
無論是親情
抑或是愛情

——《詩人俱樂部》2021年2月7日

等待媽媽

照片裡
伊拉克一位即將出征的
母親，緊緊地抱住女兒
說：妳一定要等我回來

女兒，從小到大
都在心底大聲呼喊：
媽媽
妳一定要回來

一定要回來
一定要回來……

——《詩人俱樂部》2021年2月3日

帝王花

像寫詩一樣
醞釀了多少歲月
花綿綿而綻
低眉含笑。驚豔了
紅塵世界

喜馬拉雅山
四百年盛開一次的
美麗動人的
花
似在輕訴　也像在宣示：
凡是看到的人
將滿心歡喜

終其一生健康
平安

——《詩人俱樂部》2021年2月16日

送別‧何時能再見？

照片中，一個朝鮮老人
送別自己的韓國兄弟
這一別不知道何時能
再見。他不停地
拭淚

當年
祖輩們遠渡重洋之前
一定也有不捨的妻子
或家人，望著漸行漸遠的
身影
不停地滴下淚水

愛是什麼啊
它，不就是為你而哽咽
落淚

——《詩人俱樂部》2021年3月9日

這雙手

用來捧讀武俠　用來寫好詩
用來撫慰妳的內心

用來捧著妳的臉　細看
用來拭去妳的淚水

用來牽著老母親
用來扶助貧苦弱小
還有　用來採擷夜空的
燦星　送給我的
小寶貝

（小寶貝，乃是「小孫女」啊）

霧霾籠罩

——「本來無一物，何處惹塵埃。」（六祖惠能）

五千年的戰亂
以及這百年一遇的

人類大災難　皆是虛妄[4]

不要執著於任何形象或境界
一切都跟雲朵般　隨時而
變

各種現象都有其空性。倘若
能夠照見萬事萬物的空性
則吾人何所畏？何所懼？

霧霾的籠罩與變化罷了

飛雪連天

生活啊
一場飛雪

雖然心花盛開
枝頭　卻遭受重壓

壓低一點罷了
何曾著泥？
待雪停

---

[4]　《金剛經》：「凡所有相，皆是虛妄。若見諸相非相，即見如來。」

看我
朝天笑

地區封鎖

報載馬尼拉和計順市
部分地區封鎖[5]

即使如此
也封鎖不了思想的飛翔
思念與牽掛的
攀山
越嶺

封鎖得了變種病毒
又何嘗能夠封鎖憐憫
和

愛

---

[5]　目前，菲律賓累計新冠病例超六十萬例。

Look with a Smile

疾風問：
要怎樣看清
這紛亂的世界？

勁草答：
試用帶笑的眼睛
去看吧

又說：世界多美麗！[6]

孤舟客

銀髮似月光
流瀉下來　照亮了
心湖　以及高山峻嶺

沒有掠湖的鷹鳥
夜半　也沒有低沉的
鐘聲。這裡　只有水聲
和高低不平的　山路

---

[6]　報載百分之三十民眾，在疫情期間倍感悲傷和壓力。其實，只要用帶笑的眼睛去
　　看未來，一定會看到太陽，冉冉升起。

無處
著浮名

孤舟客　醉吟情詩
給誰　聽

麥堅利堡（組詩）⁷

之一
走進墓園
寧靜的氣氛中
仍有淡淡的火藥味

草地上
一排排整齊的十字架
看似一本精裝書的封面

不要翻閱
在戰爭與和平之間
夾著一聲聲嘶心裂肺的
慘叫

---

⁷　第二次世界大戰期間，三萬多美軍在太平洋地區戰死，其中一萬七千有骸骨者以
　　十字架刻名成等距，安葬於菲律賓馬尼拉市郊的一處墳場，即「麥堅利堡」（Fort
　　Mckinley）。

之二
夜裡。依稀聽見墓園裡
悲凄的歌聲

一排排
十字架化成的
陰魂
對著天上一顆碩大的
淚

想家

之三
躺成墓園裡
白色的十字架之後
才知道：

子彈
無論射中誰的心臟
你都會感到
痛

之四
遠征什麼？
衝鋒什麼？
這些活蹦亂跳的大孩子
在月光下

變成了一排排
森冷的
十字架

風吹過。卻帶不走滿園的
硝煙味
和

鄉愁

——《有荷文學雜誌》投稿園地2021年1月12日

一首詩

一首詩。幾乎沒人看到
未必就是劣作

詩跟人一樣
放在對的地方，或者
讓對的人看見，即刻顯出
它的
大美

珍貴的晶石，匿跡潛形

美好的詩
不必標榜

石上開花

心　若是一塊石頭
就不會隨便動情

只會對貧困、弱勢者
或者心愛的人兒　開出不凋
的
春花

一簑煙雨任平生

疫情擴散
恍如煙雨之迷漫

想起蘇軾的〈定風波〉：
竹杖芒鞋輕勝馬，誰怕？
一簑煙雨任平生……

在現實世界中
又如何穿著「簑衣」，渡過
這場
劫難呢？

也許，只有懷著懺悔之心
以及善行，才能改變一切了

黑咖啡之一

再黑
也黑不過長夜

再苦
又怎能比生活苦

一杯在手
你　品嚐的是疫下眾生
的

悵愁

母愛

煙囪
每天在蔚藍的
天空　寫詩
而車子比詩人還多
寫得更加勤奮

落日沒有憂傷
因為汙染讓它看起來
更加
紅豔豔

只有日本漁村
那個患有先天性俣病[8]
嬰兒　靜靜的
躺在母親的懷裡
用他的軀體　連同母親
慈愛的眼光
靜靜地向全人類
控訴

——臺灣《這一代的文學》2019年9月16日
（入選《2019網路年度詩選》電子書PDF版

---

[8] 著名攝影家尤金·史密斯，在日本九州的漁村，拍攝了一張水域被重金屬汞嚴重汙染的照片。這張照片是對人類現狀的控訴。

夜訪

月亮是
門鈴。伸手一按
住在銀河岸邊的媽媽就來
應門

——《有荷文學雜誌》第38期

無題

越活越像街樹
伸出枝椏，也勾不住一撮
歲月

——《有荷文學雜誌》第38期

失題之一

C君傳訊：
小詩以外聽淚垂
狂笑之中見酸楚

吾人加上橫批：不過如此

——《有荷文學雜誌》第38期

小路靜悄悄

詩集是
一條小路。靜悄悄
鋪滿了紅葉　憂傷的
美麗的
心事

踏著紅葉　往前走
拐了幾個彎
也許　眼前會豁然開朗
現出　一座大雪山

登峰之後
即時化作一陣輕煙

——《有荷文學雜誌》第39期

活著

活到今天　感覺如何？
剛剛發現貼在臉書上的
詩　有錯字

──《有荷文學雜誌》第39期

黑咖啡之二

在一杯香醇的咖啡中
看人生。苦，是必須的

不苦，也就對不起味覺
枉費造化巧妙的安排了

──《有荷文學雜誌》第39期

孤月八行

驀然一驚。憂思已染白了
雙鬢。眉宇之間猶有傲氣

雙眼依舊電光閃閃　迫視著
時間

驀然一驚。恍若置身峰頂的
老松　也如蒼茫雲海
的
孤月

——《人間魚》2020年16期

寧靜的夜晚

都說：戰爭是為了和平

坐在窗前。一心只想
看戰火　如何點燃萬家燈火

即景三行

離去之前
落日盡力發出餘暉

無視浪花讚美的掌聲

曇花

未及細看美之真相
妳已迅速凋零
成為詩中永遠的馨香

——《中國微型詩·域外風度》
2020冬季號（第4期）

磕長頭十九行

歷時三年
三步一磕
朝聖至拉薩
這，比在狂風沙中
強行穿過大戈壁還
難

這是何等的虔誠
謙卑與至大的毅力

磕頭轉山
不是為了己身私慾
而僅僅只是為他人祈福

像天下的父母心
願意為子女無條件受苦
受難
並將此功德迴向世界和平
災難消除……

磕頭懺悔。至今仍然令人
感動
震撼

迎風搖曳

颱風來了　稻田沒了

人生啊　一個小村莊
颱風走了　田地又長出稻穗

天下有大美

今生　有幸
以詩傳情
用寶石銘志

筆下的詩何止三千
手　揣過摸過的石頭
也不只百件、千件

常為它們的大美所感動
每在靜思默想時　獲得文化
的素養　心性與情操的陶冶
以及境界的提升

沒有知音。那又如何？
有它們為伴
深感
滿足

內心小宇宙

無限寬廣。跟時空一樣
沒有界限

曾自問：倘有界限
之外又是什麼？

你啊　一粒微塵
內心　卻空曠如斯
廣漠如斯。惟　到處是

法
是因果

泫然垂泣

餐桌上　碗中每一塊肉
都有生命遭難的痛苦經歷

若是沒人吞嚥　是否就沒了
罪業？沒了因果報應？
是否像空無一物的內心
不惹
塵埃？

今年。當土星與木星連成
一線時　強大的能量
果真會促使惡業深重的人
獲得報應嗎？
而踐踏大自然者
又將得到什麼果報？

抬望眼。但見一朵灰雲
泫然
垂泣

石頭無語？

沉默
即是表白：
沒有聲音的話　最真
阿諛奉承的話　不屑說
隱忍不流的淚　最疼
自吹自捧的語言　不願說
心上之情
不必像溪水一樣
說個
不停

風雨之中　雖不抗爭
也要挺立不屈
沒有人陪伴　就學李白
「對影起舞成三人」

惟　美給天地看
嫉妒風雨奈我何

牽掛

「你是我每天的牽掛」

遠方的人兒柔聲說

這是世間最暖的
情　比紅泥小火爐還暖

雨雪愈大
愈加感受到溫暖、幸福
與快樂

有了這一份人間至情
今生
無憾

大悲咒之一

夜雨啊
隔世的梵音大悲。遠山的
鐘聲般　撞擊著吾心

輕易就把慾望撞碎了

冰山

低調。所以露出的
僅僅只是一角　藏在
海底的峻山從未
展示

卻仍然引來妒眼
有意無意之間向我
撞來。船啊船
冰山無意招惹誰
僅想　成為天地的
美景

沉默。是我大聲的吶喊
惟　千萬年的孤寂
訴給
誰聽？

母親

　　　　　　　　　　——心中的月亮（三八婦女節有感）

月光為筆。在時間的

江河上　寫了一首詩

月亮啊　　光線留給人間
悵愁　留給自己

送別

一位慈善的老人逝去了
恍若一個純真、純樸的時代
消失了

想起李叔同的〈送別〉詩：
長亭外，古道邊，芳草
碧連天。晚風吹拂笛聲
殘，夕陽山外山……

半零落的，豈止是知交？
令人倍加懷念那些優良的
傳統，守望相助的精神──
沒有綁架　沒有賭場
沒有娼妓　沒有毒販

默默
以虔敬之心

送別一位具備善德的老人
送別一個如斯美好的時代

內傷

「從小受了自卑的傷。至今
也沒有遇到可以治癒我的人」
妳低眉

試以詩為引。整夜用心
熬出癡情與深愛的湯汁
熬出無限的憐惜。這碗藥
雖苦，卻可能治癒
妳的
內傷

木屋外　大雪紛飛
讓我在紅泥小火爐傍
一口一口
餵妳
吞下吧

問菩薩

這場天災
是來警告世人犯規太多嗎？

是要人們懂得保持距離
抑是要在隔離中學會孤獨？

是貪嗔癡的懲罰
還是一次心態之大調整？

觀音菩薩不語
似有若無的微笑
像是說：
離一切分別妄念
即是如來清淨本性

一枚秋葉

像是寡情。一枚枯黃
不回頭　沒有捨不捨得

只懷著感恩之心。隨風而

去　不畏不懼
只記住：法尚應捨
何況非法

坦坦然　面對一切
接受一切。也許
從此
不著相了

雪域‧布達拉宮

朋友去了西藏布達拉宮[9]
偷偷許下心願

惟　菩薩也幫不了忙
眾生所受的　皆是果報

宇宙的秩序　跟人性一樣
難以改變

世人所求　無非財源滾滾
人丁興旺與平安喜樂
吾人則祈求永遠的「幸福」

---

[9]　據悉，西藏大昭寺、布達拉宮是全世界最神聖的寺廟。

祈求
永遠有人
牽掛

悵愁十二行

閱報。瞥見
失業人口暴增

新冠疫苗
能夠救苦治貧　以及還原
大好的
江山？

夜空那顆碩大的眼淚
是否忍得住
不掉
下來？

長風　疾呼：
人心勝疫苗

藍色的眼淚

羊卓雍錯[10]。乃是藏南最大的
鹹水湖　湛藍的湖水
彷彿是上蒼有意無意之間
掉落的淚水

由於憐憫生命的悲苦
所以淚水跟湖水幾乎是一樣
的
鹹度

如果眾生的劫難不能改變
湖泊啊　這藍色的淚
永不「乾涸」

冷與暖

感受了現實之冷
心涼了　結冰了

仍然堅持映照出燦爛的
陽光。人情有冷　也有暖

10　明友剛剛站在「羊卓雍錯」湖畔。他說：「湖面結冰，風景極為優美。」

情人節

都說沒有麵包
就沒有愛情　沒有浪漫
沒有代表心意的　美麗的
玫瑰花

今天。麵包縮小了
愛情是否減半？
親吻　是否可以代替
玫瑰花？

一個白眼
說明了一切

麵包啊麵包！

浪漫的岷海灣落日

報載：
馬尼拉灣比以前骯髒得多

未知
比之人的本性又如何？

聞名世界的岷海灣落日
似乎更加紅豔豔、浪漫了
而人心
可以媲美它啊

親愛的。落日
是否給了妳一些美好的
啟示？

料峭春風吹酒醒

——「微冷，山頭斜照卻相迎。」（蘇軾）

一覺醒來
才發現身邊空無一人

誰
不是獨行在人生之旅途？

疫災
教給你的　不就是孤獨？

隔離。隔離。隔離
唯有孤獨

才能真正感受到自己的心跳
聽見這個世界的
聲音

蜀道難行

新冠疫情是
蜀道。惟難行
能行

李白：
連峰去天不盈尺
枯松倒掛倚絕壁
飛湍瀑流爭喧豗
……

其險如此，也要
攀越。絕不手軟、氣餒
就是不信世上有不可攀越
的
大山嶺

雨夜的笑聲

寒風說：
如果未來十年
還要繼續戴著口罩
他們可能就不會用嘴巴
說話了

滴簷的小雨
笑道：
那就沒有溪水般的廣長舌了
也沒有了
口水戰

燈下寫詩的人
霍地站起來　擲筆
哈哈大笑
三聲

寫給千島

確診人數驟增。[11]除了驚慌外

---

[11]　今日（3月16日）報載全球新冠確診逾1.2億。菲律賓新增確診4,437例，尚未治癒病例有57,736例。

心　也涼了

若是月光溫暖不了菲京之夜
那就用詩吧

願心中的憂傷
化作一首首美麗、浪漫的
詩
溫暖這千島之國的
歲月

與詩對話

遇到對的人
才會撒嬌。恰如遇到真正
懂詩的人　才會顯示深度

詩啊詩
妳的冷豔
嚇退了許多人

與妳戀愛數十年
既迷上妳的婉約柔美
也欣喜妳的
情意

綿綿

有妳陪伴　終生幸福、快樂

狂笑而去

看見滿樹盛開的花朵
也看到夕陽下遍地的殘紅

看見兩個人相依相偎
隨即看到分離時傷心的淚水

看見回眸一笑的大美人
頓時看到荒野森森的骷髏頭

諸相非相
你　執著什麼　迷戀什麼
不如脊影斜斜指向夜空
狂笑而
去

煙圈

片刻即消失了
仍儘量吐得更美更圓

人生如此
寫詩也一樣

一顆碩大的月亮

雖然只是路過這個世界
看到仇恨的大旗飄揚於風中
作何感想？

路過世界
目睹傳承下來的　不是薪火
而是烽火
作何感想？

路過世界
驚見變異病毒迅速蔓延
醫院與火葬場超負荷運轉
而疫苗之戰　剛開始
又作何感想？

來一趟人間不容易
心中是悲是悵愁
抑或是月亮般碩大的
淚？

溫柔・溫暖

木屋裡　　紅泥小火爐
摟著妳　　傾聽外面的雨雪

小病初癒　　煎好一碗　　藥
餵妳一口一口吞下

淚眼相對　　訴說了千年一遇
的情緣
以及難以言喻的憐惜
與感動

何止少年狂

三十多歲時
狂過了。比李白酒後還狂

白髮了　站在心峰之頂
人狂詩狂　桀桀的笑聲更狂

悅耳的聲音

喜歡一次戴兩條項鍊
聽玉石碰撞的聲音

壓惡子彈、砲彈的呼嘯
怕聽饑民哀哀的哭聲

最樂意聽的是
妳嫣然的淺笑，以及雀躍的
歡呼。最不願意聽的
是如雷的沉默，那麼響亮
那麼
悲憤

歲月靜美

南非變種病毒
迅速在菲蔓延

突然　變成「愛」
倍加快速地感染

因此　人人樂翻天
歲月也變得靜好如斯

一些腳印

路過世界。一些腳印
很快　消失於風雪中

也許　多年後
赫然　顯現於你的小詩

異想四行

一凝眸　就是一輩子
一轉身　即是永遠

悔不牽著妳的小手
私奔於時空之外

無人彈奏的鋼琴之一

商場
一片空蕩蕩的大草原

沒有了昔日洶湧的人潮
只剩下一架無人彈奏的鋼琴

心中滴淚的聲音　竟是那麼
清晰　那麼地震撼

無人彈奏的鋼琴之二

鋼琴　猶在
彈奏的人已不知所蹤

浪漫、優美如愛情的
琴聲　仍然繚繞在耳邊

你　卻從此一去不復返？
是否像隨風而去的落英
永不
回頭？

或者孤獨的劍客般消失於
夕陽
深處

心峰

山腳下
是生活的雞毛蒜皮

凌絕頂
是一覽無遺的好風景

胸中，何止是浪漫的情懷

一朵微笑，便是春天。
一個關懷，便是希望。

忘了變種毒株
忘了確診病例劇增
忘了空曠如沙漠的
商場

只想站在海邊仰天長嘯

只想拍馬　奔馳於無邊無際
的
大草原

然而
母親會不會忘了飢餓的
孩子？世界啊　詩人豈會忘了
人間
疾苦

夢中醒來

夜深沉
誰　還在那裡一遍遍唸誦
大悲咒。蓮花開在他的
屋外　馨香了黑暗的世界

一朵朵蓮花
一盞盞發出亮光的街燈

細聽
卻是懺悔經。往昔所造諸
惡業　皆由無始貪嗔癡……
心若滅時罪亦亡……

醒來
不知身在夢中　抑或是夢外

人生四行

沿路的美景盡收
眼底。悠悠閒閒踱步
不必超越任何一顆
野心

豔紅的花

呼嘯的子彈
在一位參加示威的緬甸少女
之額頭　開了花

在這亂世。子彈
也在各地人們的胸前或額頭
開花

花啊花
血腥味代替了芬香
是否　可以招來蝴蝶般永久

的
和平

*　詩後：一位緬甸十九歲示威少女安琪兒，中彈死亡前留言死後捐器官。

詩三千

一生多少詩？
寫到最後　剩下什麼？

一朵美麗的
玫瑰花　一朵微笑

莫傷心・莫憂愁

「有時想起你
心裡會難過」

危巖　峭壁
一塊奇異的石頭
一株挺拔的翠竹
茫茫大海中的

孤舟　以及三兩聲桀桀
怪笑

還有　就是夕陽下遍地的
殘花

如斯而已。難受什麼？
難受
什麼？

一座荒塚

半睡半醒之間
彷彿置身於亂草叢生的
荒野

似乎看到念念難忘的
絕色佳人。驚豔了半世紀
的
時光

爾今已是墓中人[12]
不再巧笑倩兮　也不再深情

---

[12] 該位絕色美女，三十多歲患癌，仙逝，令人唏噓不已。

款款　令人心醉而神馳

一堆白骨
不就是世間萬物的象徵？

櫻花之凋

一個眼神　一朵微笑
皆是清雅之櫻花。芬芳
豈止醉心

凋謝了。淒涼美恆在詩中

意境・意境

這場千年一遇的疾病
凸顯了人類生命之堅韌

雪崩，摧毀不了地下的青苗
更深的夜色，襯出眾星之燦爛

沒有比沉默更響亮的聲音
生命，穿越苦難，恍如一首詩

穿越了時空。親愛的，妳也是
一首意境深遠的　觸動人心的
詩

寧靜的夜晚

都說：戰爭是為了和平

坐在窗前。一心只想
看戰火　如何點燃萬家燈火

給妳

珍惜
瞬間眼神之交會

一擦肩
即是永遠

回首。塵煙處
人已
去遠

第二輯

梵音大悲

那一段流金歲月

時光
帶走了華人區一些優良的
傳統文化、習俗，以及品德
僅留下深刻的回憶
和滄桑

即使一再地刷新
也掩蓋不住散發出來的
悵愁

賭場如雨後春筍般冒出？
毒販與娼妓，也像難以除根
的野草？

流失的一切，還會從悠悠的
歲月中
回來嗎？

大笑三聲之一

鑽出疫情的縫隙
飽餐一頓懷念中的

美食。恰如寫了一首好詩
心中
大樂

莫憂愁　莫悲傷
多少美好的事物
等在前頭。疫情算什麼
經濟比秋景更蕭條
又如何？

你是不屈不撓的鐵柱
頂得住天。無畏於災害
及戰亂之
強大
壓力

望著一碟碟美食。心花怒放
不覺
大笑三聲

思念中的美食

每天約有兩千人確診
想出門去吃一頓思念中
的小籠包，恍如活著一樣

不容易

今天，又戴著口罩與面罩
鑽出疫情的縫隙。小心翼翼地
來到餐廳，愉快地享受美好的
人生

「偷吃」，果然另有一番風味
惟，詩人頻頻告誡自己：
下不為例！
下不為例！

愛是什麼？

女兒viber：
老爸，又跑出來啦
真的那麼好吃嗎？

遠方的人兒也傳訊：
又往外跑
挺勤快的嘛！

哈哈大笑
詩人說：
愛是嚕哩嚕囌

愛　也是
牽掛

凌亂的足跡

時間的海潮
一波波湧上記憶的沙灘
收集或深或淺的足印。想問：

留下這些凌亂的印跡，幹嘛？

冰箱

美好的回憶　凍著
微笑與快樂　凍著

傷心的往事　凍起來
懷念與牽掛　凍起來

慈悲、善良　以及滿心的
感恩　也一併凍起來

銀髮了。孤單寂寞的時候
佐酒

黎明前

樹上的
貓頭鷹　擺出不可一世的
樣子。風
吟誦了一首詩
也在那裡
自吹

蹲在屋頂的老貓
不語。只瞄一眼夜空
露出
的
白眼

又繼續睡去

歸去，也無風雨也無晴

竹林問：

人生是什麼？

詩人答：
因緣聚合的現象罷了

生命跟露水閃電一樣
隨瞬即逝。乃是變化無常的

執著什麼？
錢財　也像江山般非吾所有
兼且　無處著浮名
甚至情與愛　也時刻在變化
哪有風雨哪有晴？

沒有執著　即是沒有境界之
至高
境界吧

貓詩八行

思念是
一隻貓。總在夜裡
翻牆，且霧靄般悄悄
悄悄地
潛入

妳的
夢

窺視夢中的祕密

垂釣

乘詩的小舟
在時光的長河垂釣
釣名釣利　釣美人魚
卻鉤上無餌

寧靜的海洋

二十八歲。剛娶了美嬌妻
卻被染上了　生命歸零

像颱風中極力掙扎的樹葉
誰也不知道自己的命運

既然懼怕解決不了問題
那就大江河般向前奔騰吧
沖掉噩夢　沖掉變異的

病毒
也沖掉人間的不平
奔向

寧靜的海洋

人間四月

寒冷。落雪似月光般輕舞
看不到春天的花影

內心世界卻掙出一朵朵
紅梅

不信人間四月天
沒有撲鼻的香氣
沒有出嫁花兒般的盛妝
和笑容

清泉石上流

瘟疫啊　一場戰役
沒有局外人。不容你不作

生死
一搏

在家。在家。在家
即是最好的戰略方針
守住心中的淨土　儘量
不出門

「明月松間照　清泉石上流」
只要擁有這種心境
淡定而怡然。繼續宅在家裡
或將
戰勝

疫下的幸福之一

一杯玫瑰茶
心　就泡在花香裡

一個不捨的眼神
今生　就沉浸於關愛中

莫煩惱
莫憂愁
不妨靜下心來

好好品味你的人生
和
幸福

梵音大悲

你是前世的
梵音，穿越了千年的時光
就在今夜，音靡靡而
繞，方知自己的初心

失題之二

——確診與失業齊飛

飛就飛吧
不信有不落地，永遠展翅的
鳥？

抬望眼。綿延的青山等著

小雞雞

望著空中飛翔的鷹
小雞雞說：姿態不優雅
也沒有直上雲霄的氣勢

長風笑呵呵：你自己飛飛看

問號

風乍起
吹不散滿臉的問號

問情長
抑是悵愁長？

問君歸期
就像問天，天不應？

一首經典詩

站在那裡

她，回眸一笑
就是一首耐讀的
詩

讀了千遍，也不厭倦

來世
仍然不忘詩中的每一字
每一句

隕星

遠天的星子
全是晶亮的眼睛
看著人間這小小的
劇場。看著永遠演不完
的
哭與笑

而看不下去
急急離場的是
隕星

蒼涼戈壁

現實　愈來愈像一場
不醒的長夢。繁華落盡
只剩下狂風沙　以及千年的
戈壁

湖泊乾涸
飛鳥早已絕跡
往昔的歡聲笑語
全埋在
漫漫的沙塵裡

縱然新冠改變了一切
悲愴的駝鈴
仍會一步一步引人
走出
這不醒的長夢

叩響寂寞

——「前無古人，後無來者。」（唐‧陳子昂）

寂寞　不是銅牆

就是鐵壁。常愛伸手去
叩
聽一聽心聲

逛商場

偌大的商場啊
千年等一回的空寂

鋼琴的彈奏者
毫不在意有沒有聽眾
雙手繼續靈活地彈給孤獨
聽

恍如繁花
只美豔給山河看
也像詩人
僅僅寫給悠悠的
歲月

甜美與酸澀

人生啊　一串甜美的

葡萄。吃多了　才知道
末必有益身心

寧願
像是檸檬　或者似如
菲律賓小小的桔子
（calamansi）
雖然酸酸的
卻宜蘸著生活
慢嚐
細品

風味之佳
難以
言喻

口罩九行

報載：福奇警告
2022年還須戴口罩

其實，戴不戴
都一樣難以看清人的
真面目

除非落難時
閣下　一開口
親朋或戚友
也就原形畢露了

避世

土行孫善於藉「土」遁去
今之李小龍則藉「死」遁世

靈山峰上
李兄現為吾人之鄰居
蒔花種草之餘，常與他笑談
古今。偶爾比武，探討哲學
及人生

沒有雞毛蒜皮之事
沒有城市裡那些面目可憎之人
也沒有天災、人禍
每當皓月高懸
則飲酒作樂。回憶平生
豔遇

此時。汽車刺耳的
喇叭聲

突然驚醒了
夢中人

聆聽風與雨的對話

「你是我每天的牽掛。像夜
空的星子在內裡閃爍燦亮。」
「愛是世上最溫情的告白。」
「是成全，是將一個人，愛
到無心。」
她像潺潺的溪水，輕聲訴說

你笑了：愛，只是每天莫名
的感動。像一首沒人看懂的
詩，卻觸動了內心深處。」

其實，它，什麼也不是。只
要四目相對，心中就有莫大
的喜悅。

夜裡。風與雨的對話，雖然
肉麻，卻也不無道理，令人
莞爾，並陷入深思……

走在世界的盡頭

一進門。鸚鵡
就迎面問道；
「你　理解我嗎？」

哈哈大笑
詩人說：
才懶得懂你

心裡卻想：
可能理解妳，也可能
不理解妳。若是白髮了
尚能攜手，走在天涯或海角
一直走
走到世界的盡頭
也就今生
無憾啦

花與慈悲

心裡早已為大地準備好
春天。因為姹紫嫣紅
說：若美麗是一種慈悲

我願意施捨更多

獻上一份驚喜

愛是什麼啊？

背著心型的葉子
螞蟻　長途跋涉
只為獻給摯愛的
伴侶
一份溫暖
與

驚喜

除夕夜

沒有鞭炮聲
照樣驚醒滿懷的
鄉愁

禁舞龍舞獅　禁不了思念

＊　詩後：疫情嚴峻。今年，當局禁止燃放鞭炮，也禁止舞獅表演。

新年快樂

你若讀懂雨聲
就知道晴朗的日子
即將來臨

胸中的太陽遲早會照亮世界

青翠鮮綠

一橫笛
竹林　就青翠在眼前

分不清
是詩意的外景　抑是心境

新春快樂！

天災人禍。壓抑一年的情緒
終於在除夕、大年初一
大聲吆喝出來：新年快樂！

所有的委屈，全在「祝福」中

大悲咒之二

透過落地窗　第一道陽光
照進來　未在夢境中照見
悲愴　但聞鳥鳴如誦經

摔碗酒

酒後。有人昏昏沉沉
睡去　躲過了危機

有人酒後　裝瘋賣傻
痛哭流涕　忘了一切

吾人
很想把鈔票摔在桌上
像土家族一樣
大碗地喝酒
豪邁地砸碗　並
吐露

真言

什麼是悵愁？

悵愁是
望著夜空
讓思念像月光般燦爛

悵愁是
千重山萬重水之外的那張
臉

悵愁
是出國之前的繁文縟節
是比江河還長的十四天隔離

悵愁是
每晚　女兒在電話裡的牽掛
與不捨

餘生

一半詩酒花茶
一半山川湖海

卻宅在家
恍如閉關的老僧

小浪花

生命啊　一朵朵盛開的
浪花。在即開即滅之間做夢

夢見童話般的世界　以及
愛情

四年前舊照

矗立在那裡。一座傲岸的山
該削壁的削壁　該危巖的
危巖

獨享千年的孤寂。卻沉默如
一匹狼　偶在暗夜裡對月
哀嚎

一座山。猶如一把無聲的
鐵瑟琶　何只藏著千百首

動人心魄的
蒼涼
古調

南迦巴瓦峰

在初生的陽光下
山峰　緩緩露出了
驚人的
絕色

恍如一首剛剛發現的
經典之作
觸動了
內心深處

從此　南迦巴瓦峰之秀美
烙印在腦海裡
好運一般　跟隨你一生
一世

年味十一行

不管你
住在哪一岸
或者住在哪個天涯
海角　年味
與鄉愁
一樣濃

恍如心中化不開
的
結石
時不時疼著
痛著

大雪封山

大雪封山。朋友說：
遺憾！去不了聖象天門

生命短促。一路的美景
豈能飽覽無遺

漫漫長夜　知道有光華萬丈
的太陽之存在　足矣！

盆栽

赫然一枝獨秀。雖然敢於
迎風挺立，卻有千年的孤寂

在這小小的盆地　不顧盼
自雄　也要觸及藍天

人間之一

柴米油鹽醬醋茶
漲價了

工資減半。失業大軍
跟軍火一樣不斷擴充

人命　比錢幣貶值得更快
好在求生之慾
燒得
更旺

比焚屍爐燒得還要旺

抄經之一

遠方的人
沐手、含淚抄寫了心經

說是為詩人祈禱
也為遭劫的生靈祈願

正楷字體秀美
蘊藏著一顆美善的心之
祈求
應會感動
上蒼

此際　突然下起了小雨

岷灣畔

靜坐了一個黃昏
似乎一無所獲

其實已釣得虛空
也用心感受了

大笑三聲之二

身在亂世
不求名　不求利
但願守護著心愛的
人兒。有詩酒花茶
有遠方癡情的
牽掛

直到銀髮了
某一天
心情舒暢之時
突然　大笑三聲
離去

此生　也就無憾了

路燈

像是心中的眼睛

淡看天下陰暗

且笑對人情的
冷暖

詩酒花茶

「千島之國，失業人數
暴增，你的情況還好吧？」
她在微信上傳達了關心

雖然隔著千重山萬重水
仍能遙見伊人臉上的情意
綿綿

詩人說：尚有詩酒花茶以及
大螃蟹

她笑了。眉眼間的
深情　絢爛了這筆下千年的
好詩

憂鬱的月亮

伏在墳墓上
哀哀痛哭的
不止是一個父親破碎的
心。周邊的草葉
也都濕著人間至大的
悲苦

這景象恍如眾生的宿影

千年一遇的天災
究竟要達到什麼目的？
它　果真是
上蒼的懲罰？

疾病告訴我們
慈悲與互相殺戮共存　而
活著的意義
不是掠奪資源

歲寒三友

宅在家。鋪開宣紙

想畫一幅歲寒三友圖

松、竹、梅　卻畫成了
牽著的腸　掛著的肚

淨土

愛　也像新冠變種再次發生
突變。變得更加難以控制

不同的是　愛的傳染愈快速
世界愈美好　或將成為淨土

無題十一行

雖然宅在家
沒有收入
還不至於窮得只剩下一身
傲骨

仍要接濟
日子過不下去的好友

李白詩：
「天生我材必有用
千金散盡還復來」

怕什麼？
愁什麼？

悵愁是什麼？

秋風中遍地的枯黃
墓草之上微濕的月光

悵愁是落單的鶴，一聲悲鳴
淒涼了整個天空

雞血石十七行

從醒目的色彩中
看到一朵朵紅玫瑰盛開在
胸際

街頭　巷尾
大大小小的戰場上
都有綻放的
豔紅
玫瑰

巨大的雞血石上雕刻著高山
松柏　以及幾位文人雅士
似在亂世中歸隱於
深山
大澤

你在賞石之餘
是否也聞到腥風並
驚見
血雨

瑪瑙木化石

三、五千年　未曾凋零

寫呀寫。你的情詩[13]
或將成為木化石　永不凋謝

---

[13] 情詩，包括為眾生而寫的每一隻字。

秋景雅舍

天涯。面對一窗秋景
她坐在窗前　若有所思

悄悄站在背後
你用一把銀梳子
輕輕
為她梳髮

人間
還有什麼比此情此景更美好？

瘟疫愈嚴重
心中渴盼的景象
愈
清晰

笑對人生

「什麼時候，可渡一切苦厄
瘟疫，會在一夜之間消失
無蹤？」
遠方的人兒憂心忡忡

今日，疫情已蔓延到151個
國家。病毒失控，可能還會
持續一、二年或更久⋯⋯

君問歸期未有期，
巴山夜雨漲秋池。
何當共剪西窗燭，
卻話巴山夜雨時。

親愛的
一定會有那麼一天的：
倆人坐在遙遠的天邊
在燭光的搖曳下
笑談著當年的新冠
共度美麗靜好的
歲月

回眸

一次驚豔
足以欣慰終生

不求擁有
但願世上美好之事
都像回眸一笑般

永留
心中

仰天長嘯

瘟疫　猶如一場大旱浩劫
到處都是愁苦的臉

高溫之下　秧苗逐漸枯黃了
災難一天比一天深重[14]

倘能化作一場
春夜的喜雨
「隨風潛入夜　潤物細無聲」
那就別無他求　可以
仰天
長嘯了

眾裡尋他千百度

——讀辛棄疾詞作有感

總是希望有時間沉浸於古今

---

[14] 今天（2021年3月19日），確診人數破紀錄，高達7,103例。令人擔憂不安。

中外的詩海　不為生計謀

卻又不得不成為忙忙碌碌的
俗人。何時能真的眉目清淺

回首來時路。心裡不無
悵惘　偶然看到鏡中一個
似曾相識的
略帶憂鬱　具有一點傲氣而
不食煙火的人

原來那人　就在燈火闌珊處

岷灣的風浪

落日
早已看穿大海的心思：

不求風平浪靜
只願歲月安好

惟　波濤洶湧是常態
浪高千尺　也是

夕照笑道：

強風吹襲
才有千姿百態的
美麗的
浪花

涼風中沉思的睡蓮

汙泥　也能掙出一朵朵
典雅、高潔？涼風輕聲問

在沉思中睡去。蓮花　僅以
潔白與芬芳作答

吟嘯且徐行

疫情不是一場風雨
可以悠閒地坐在窗前
諦聽
天籟之音

這場雨　又大又急
到處淹水　災情慘重

人人都狼狽不堪時
你又怎能
「醉酒被雨淋」
「吟嘯且徐行」

真不知道要怎樣
才能有蘇軾般的曠達

秋風秋雨愁煞人

淚流滿面
幹嘛？

窗玻璃哽咽道：
君不見疫下的慘景嗎？

劍

不出鞘
是因為懷有憐憫之心

掛在壁上
是提醒自己不要露出鋒芒

LOCKDOWN

這　真的是一次萬徑人蹤滅
之旅？

封鎖。封鎖。封鎖
即使封得了瘟疫　也封不了
憂思

月光清晰且冰涼
照在空無一人的大街小巷
不見了昔日的繁華
只有陌生的安靜

彷彿時光隧道
讓人類進入了另一道空間
未知
還能不能
回去？

無情・有情

三千煙雲流去。原來
歲月比瘟疫更無情

即使如此。也要在無情之
深處　　活出人間的至情至性

需要水　　就送上一杯水
需要關懷　　就給予直達心底
的
安慰

無情深處

相遇是
一次驚豔　　終生難忘

思念是
花影偷移　　總在夢中

隔著天涯也芬芳
含著眼淚
也
幸福

滿天飛花

透過傷痛和無奈
才看清　這是個薄情
的
世界

猶如落難時　才認清身邊的
人

即使如此
你還是想深情
活著。想化作滿天的飛花
想成為
護花的
春泥

古來征戰幾人回[15]

疫下。活著的人
幾乎都是戰士了

---

[15] 疫情嚴重，菲國每天約有七千人確診。到處封街，有點蒼涼，也有上戰場的感覺。

倒下的人
愈多　奮勇作戰之心
愈盛

醉臥沙場君莫笑
古來征戰幾人回

不容輕忽
也不容膽怯
面對強敵　磨好刀
殺它個日月
無光吧

表白

大地以滿山姹紫
嫣紅　向灰雲表白

溪流清楚地
看到，那一陣感動的淚

心中的月亮

從從容容　淡定怡然地
發光

有人想
隻手遮天　遮罩
溶溶的月光，

發自內心深處的柔和
亮光　豈是
一隻手就能遮住？

不僅普照江山　也要照亮
每一個黑暗
的
角落

眼中含淚

瘟疫愈嚴重
備戰的氣氛愈強

近日　又發射兩枚巡航導彈

向疫情示警？

神佛　瘂默
菩薩眼中含悲

人間之二

新建的樓房大增
無家可歸的流浪漢
也大幅增加

餐廳比冒出的春筍更多
飢餓和失業的人口也
暴漲

有沒有疫情
都是一樣的。人間的不平
乃是
常態

上蒼也無能為力？

（除了予以懲罰外，又能
怎樣？）

機場

心中有一個機場
多少送別　多少不捨
多少人生的無奈
全在這裡　留下深刻的
回憶

母子的離別
這一去　相見無期
父親送別女兒
願妳前程似錦　生活
美好

長長的跑道啊
一條那麼長　那麼長的
傷痕

（誰的心中沒有機場？
誰不曾在那裡流過傷心淚？）

知否，知否？

記憶　恍如一塊濕布

扭一下就溢出了悲欣……

那瀟灑俊逸的年代
那一張遞過來的紙條
那清秀佳人的淺笑嫣然……

時光比曇花的綻放與凋謝
更快。惟　伊人的倩影
尚留在心底　仍在無盡的
祝福中

知否知否？
被祝福的人兒

上蒼的淚

今天確診九千多例
前所未有　天愁地慘

實在擔心夜空那顆碩大的
淚　忍不住掉了下來

只能　默禱：
讓上蒼掉下的淚
砸碎人間所有的不幸

與
苦難

封城

瘟疫啊　人生的陰影

封城了。卻封不住
太陽底下的陰影。也好！
有影子　就有光

日暮花殘天降霜[16]

霸王被困於垓下
慷慨高歌

此間醫生
彈盡糧絕　留下淚水

千載獨憐楚霸王

---

[16] 2021年3月27日，全球確診新冠病例逾1.25億，導致1.2億人陷入極端貧困。菲律賓
單日新增病例9,838（破了紀錄）。

誰憐　蒼生？

不信黑暗的盡頭
沒有金光四射
的
旭日

讀蘇軾

瘟疫愈緊急
愈想靜下心來讀詩：

「誰道人生無再少？
門前流水尚能西！」
蘇軾揭開眼前的陰霾
敞開了超曠爽朗的心扇

在他貶官之時尚有這種
呼喚青春的心情。值得
吾人
仿效

別陷於無盡愁思。唯有樂觀
才能活出另一番景象啊

月下吹笛

今天確診10,016例。有人說：
「如此煉獄，鬼神同泣」

詩人倒是淡定讀書，安然
入睡。總不能跟鬼神哭成一團

還是寫一首詩吧：

時間　在心上留下許多
傷口。夜裡　你掏出來
當作
笛子　吹

一縷清音　淒美了月下無盡
的
思念

也許
世上從此無此音

——2021年3月29日寫於菲京

枝椏

沒花沒葉。愈來愈像
伸出千手的觀音。什麼
也不想勾，除了憐憫

櫻花樹下的小鹿

依稀聽見
京都　飛天櫻花的
呼喚。　趨近小鹿
親暱地餵食

疫情愈嚴峻
心中溫馨的畫面
愈清晰

等著吧
高潔美麗的櫻花
乖巧可愛的小鹿
等疫情過後　詩人
一定會實現諾言　一定會
回來。回到
京都、奈良　清水寺

來探視櫻花
以及樹下的小鹿

藍湖‧大雪山

滿懷悵愁
想向大雪山傾訴

心中的塵埃
也想借用藍湖的水
洗一洗

北海道啊北海道
知道　妳
泡茶等待著故人
也知道妳的思念比花香濃

歷劫之後
一定歸來。一定
不讓妳空等　悵然若是

敲響心扉

久無訪客
遑論敲門聲了

除了詩
時而來敲響心扉

樂於泡茶相迎
暢談古今
只是　不提饑饉
和人間悲苦事

送客出門時
何以臉上　竟掛著兩行
清淚？

詩的快門

「人生之旅
別忘了拍攝美景」她說

親愛的。讓我按下詩的快門
幫妳　為世界留下一朵燦笑

不亦樂乎

三五人
即成江湖

江寬湖大後　免不了
風與浪起了爭執

不如
退隱於心中的山林
懸劍於壁上
醉看美人
輕歌妙舞。巧笑
倩兮

偶爾　仰天長嘯
或者就著月光
寫了一首詩。不亦樂乎

第三輯

今夜無詩

給母親

時光在暈燈下流
記憶在筆端上晃動

懷念與感恩是詩之清澈水底
的
溪石

沉沉　壓在心裡
不分晝夜

懺悔？

風問：瘟疫反撲　人類
是否面臨大毀滅的命運？

夜雨說：即使如此
也沒人感到歉疚　愧對後代

飛雪八行

人情冷暖。冷
恍如滿天飛舞的雪

且以一片白茫茫
覆蓋你的印跡

人間無處著浮名
覆蓋不覆蓋
又
如何？

黃沙百戰破金甲[17]

誰想　飛身上馬
奔馳於沙場？
誰想　熱血沸騰
過關斬將？

惟　瘟疫跟來犯之敵一樣
怎能束手待斃？

---

[17] 疫情延燒。菲失業人數2月升至420萬，逾半家庭若無收入只能撐兩週，而衛生部
建議封城延長一週……。除了咬緊牙根挺住外，也只能「挺住」了。

「黃沙百戰破金甲

不破樓蘭終不還」

帶上你的大刀

往前衝吧。誓不低頭

將士們。為個人為家為國

展現你的智慧、勇氣　以及

毅力吧

雨中小紅花

許諾來生，要再相會

那是妳嗎？窗外

綠葉間　一朵深深凝眸的

小紅花

讀霧[18]

喜歡坐在窗前

看　霧茫茫罩著山景

---

[18] 兩年前（2019），投宿於北海道山中的酒店（Westin Rusutsu Resort），目睹霧霾的籠罩，印象深刻。

跟讀史一樣　時間
愈久　真相愈糢糊

歷史可以修改
真相卻像是被輕霧籠罩的
風景
永遠看不清

只知道霧中有山有水有花有
樹

霧霾也讀詩

昨晚。山霧瀰漫於夢中
輕聲說：

詩人未必會喜歡真相
霧茫茫　讓人看不清歷史
是一種「美意」

人類史　一部
互相殺戮史
發現新大陸　即是侵略
發現油田　隨之戰禍不斷

山霧笑著說：
不信詩人會喜歡這樣的
真相

今夜無詩

月光　悄然入窗
又來窺視新作。卻不知
今晚無詩　而稿紙上
只有一個大大的
問號

問蒼天　是否有情
有沒有憂思　有沒有一顆
柔軟的　慈悲之
心？

問瘟疫
是否像癡心的男子
永遠
徘徊不去？

花香入詩

於歲月最美的深處
十指輕彈。讓飛花滿天
細雨濛濛　好似心中的
輕愁

花香入詩
悠揚的琴聲入夢
也許　就此忘卻了人世
的
煩憂

心醉
勝於一切的追索

擎天柱

今天　確診15,310例
一位醫師說：菲律賓的天
要塌下來了

那就一柱擎天吧
以無比堅韌的

大
愛

頂住！

——2021年4月2日寫於菲京

渡口

一旦靠岸
就永不邂逅

多看一眼吧
乘船共渡之時

人生　這場旅行
請留下一朵比遠山的楓紅更
美麗
的
微笑

長與短

人生多長？
從半夜餓醒到天亮

人生多短？
從染疫到停止呼吸

長也好
短也罷
日子　總是要過下去

（不怕活著，無畏死亡）

抄經之二

一隻隻眼睛
在稿中　望著天空
喊：憐恤蒼生

一道光
照著含淚的眼睛
說：還是那麼桀驁
不馴

不然呢？
不然呢？

大地以厚德載物[19]

自尊　是必須的
敬天地　是必須的

「天行健，君子以自強不息
地勢坤，君子以厚德載物」

具備這種胸襟
時時回味它　思索它
學習它　才能擁有海納百川
的氣勢
也才能往前衝　突破眼前的
困境

即使疫情嚴重　也要不屈
不撓　闖出一片生機

---

[19]　今天（2021年4月3日），千島之國確診人數12,575。

疫下清明節

低眉　垂首
祝願逝者安息
不再受苦　再無傷痛
似如夕照中平靜無波的
海

閉上雙眼　雙手合十
緬懷逝者之外
也祈願眾生　都有飯吃
平安、健康

「兩岸猿聲啼不住
輕舟已過萬重山」
一眨眼，已越過了重重的
危難
登上春光明媚的
彼岸

夜來風雨聲

豪雨。好似辦喜事般
喧鬧不休

知否？一夜歡樂
卻是千家愁　萬家憂

風中之蓮

在疫情的肆虐之下
有散發淡淡清香的情愛

恍如汙泥中　長出的
蓮花

問花

花啊　蕩漾的秋波
哪一眼看懂你的悵愁

憐憫你的憐憫
同情你的同情

輕吻

喜歡
輕輕撫摸妳的長髮

喜歡
輕吻妳柔軟的嘴唇

不喜歡
人間的悲苦碰觸我的柔腸

雨中九行

喜歡　聽雨的嘩然大笑
笑中
有淚

喜歡獨行於一場又一場人生
的
風雨
讓人看到俠客般的
身影

卻望不見滿臉的淚

低頭

不諂媚　不抱大腿
不像狗兒般搖尾巴

只向花朵的秋波　以及
人間的美好低頭

至大的安慰

今生沒有遇到戰爭。卻見證
千年一遇的瘟疫

這顆心　是否裝得下偌大的
悲情？猶如大地之承載萬物

親愛的。妳懂我嗎？
有些話　只能悄悄放在心底

妳說：只要每天互相陪著
甚至說上幾句話，也是至大
的
安慰

這就是滿足　也是幸福！

佛珠

買了一串碧璽佛珠
心　卻有點沮喪

不同的膚色
原來可以這樣融洽相處

遙寄伊人

詩是瀰漫的
山霧　把窗外人生的
美景　連同夕陽　一起
包起來。寄給遠方
的
伊人

以及
後代的子子孫孫

核爆後。或可從詩中

窺見昔日靜好的
歲月

紅珊瑚墜飾

十分醒目。不僅是
愛情的象徵　誓言的見證

也在呼籲
為歷史的傷口止血

殺戮了數千年。別再染紅
雲天。親愛的　請每日
戴著美麗的紅珊瑚
提醒自己：

永遠
擁有一顆無限柔軟的心

一首小詩之一

從偶然的回眸　發現暗示
又從嫣然一笑中　明瞭

象徵

靜夜讀詩。觸動內心深處的
是柔情是善念
是菩薩般的慈悲

願妳永遠如詩
願這雙讀詩的淚眼
永遠為妳而閃爍著感動
與
真情

微醺

每一盞燈
都在窺視你的悵愁

愈喝愈想返回少年強說愁
的年代。誰想憂思天下？

山在悸動·海在哭泣

世界忙於爭吵

沒人聽見痛徹心扉的
慘叫？

忙於甩鍋　忙於備戰
忙於買賣疫苗
忙於製造更多的
人禍。幾乎沒人關心花蓮的
痛哭

只有海聽見　海在哭泣
只有山聽見　山在悸動

被出軌的列車[20]　早已撞成了
一個
問號：
什麼是人生？什麼是無常
什麼是老天保佑？

燈火與燦星

上面是滿天的星子
下界是萬家燈火

20　臺灣發生七十多年來最嚴重鐵路事故。罹難人數上升至五十人。

在記憶中。你坐在機艙內
似乎難以選擇

星星讓你無限去想像
萬家燈火裡，有一點光
專留著　給你溫暖和愛

你笑了。啊今生的
選擇

佛之回首[21]

疫災緊急。忽然想起京都
那尊「回首阿彌陀佛立像」

回首　是牽掛？
是感歎抑或在尋覓

彈古琴

十指輕彈。沒有相同的

---

[21]　2021年4月9日，報載全球確診逾1.34億例，死亡超過291萬例。

頻率，也不會聽懂什麼高山
流水

更不會感動於
「落日照大旗，馬鳴風蕭蕭」

錚錚的琴音沒有白費。恰如
一首好詩，雖然空有讚頌而
沒有知音
也不枉淒美了月夜
淒美了大千
世界

等妳千年

畫一間小茶館　一几一榻
一壺一書

畫她咿呀一聲　推開柴門
而你恰好在

畫她溫柔路過　頷首而笑
靜默不語　似曾相識

卻畫不出累世的因果

只能為伊人泡一杯
香茗

一次輪迴　多少悵愁？

舌尖的味覺

一年來　總覺得
碗中的菜餚有點異味

鹹鹹的　恍如
嚥下淚水的味道

知否　知否？
到處隔離又隔離
舌尖與美味相距
三千里

一首小詩之二

用生命　寫了一首
小詩。歲月驚不驚豔
無所謂。只要伊人

真心喜歡　愈讀愈有味

時間，無可遁形

生鏽的門環
破舊的桌椅
甚至一張滄桑的臉
都有它的，
蹤跡

時間一氣
大聲說：
活好你的當下
沒有來世了
有愛，就多陪伴
有情，就多守護

兩行清淚

強國
禁止近2,000品種水果
稻米種苗出境

卻准許
核汙水入海

哈哈大笑
瘟疫說：
如此人心，也妄想
返回往昔的
靜好
歲月

歲寒三友

宅在家。鋪開宣紙
想畫一幅歲寒三友圖

松、竹、梅　卻畫成了
牽著的腸　掛著的肚

風箏之一

寧願斷線
也不受人牽著走

何曾畏懼高處的冷鋒

照鏡子

流放人間。你　竟是長期
身處草野之人？

李白詩：
仰天大笑出門去
我輩豈是蓬蒿人

浪費了你的歲月
也辜負了一己的
心意。只剩一身的
桀驁
不馴

轉山十九行

除了大禮拜之外
藏人　也轉山[22]

---

[22] 轉山，是藏人表現宗教虔誠的一種方式。他們相信，轉山是最高效、最強效的修
行，可以洗盡一切罪孽。惟，半途喪生者不少，那也只好認了。

穿越森林　涉過溪澗
面臨深淵　斷石絕壁
抵擋冷鋒　遭遇大雪
以及對抗各種野獸的侵襲
堅持
在山中轉呀轉
直到
征服重重的困難
戰勝肉體與精神的痛苦
抵達峰頂

在歡呼、痛哭之餘
體會生命之頑強
並深切領悟
人生即轉山　轉山即人生
世上
沒有不能克服的
障礙

無題六行

懂得
生活就晨光般溫暖了

感恩

歲月就青山般厚重了

思念與憐惜
情愛就像月色那樣浪漫了

翡翠八行

詩　好不好
不是按讚的標準

一首歌好不好聽
端看是誰唱的

歌者與詩者
猶如翡翠
是什麼等級

時間說了算

將進酒

　　　　——「會須一飲三百杯，莫使金樽空對月。」（李白）

際此亂世

貪、瞋、癡與疫情肆虐之際
一心只想與孤影通宵對飲
願醉　不願醒

杯中泡著憂思
下酒物是千古的寂寞
明月來窺伺
清風來相探
都可以邀請進來
一醉

忘了煩惱
也忘了天下的紛爭
不斷

不會忘記妳

十年前。日本大地震
核電站洩漏後被核輻射
影響而遭隔離的人
再也沒回過家

當家人牽著愛犬來探望時
一個小女孩，摘掉口罩
隔著玻璃，不住地撫摸狗狗

狗狗的尾巴搖個不停，一直
旺旺叫。意思是說：
不管多久我都不會忘記妳
永遠永遠
愛你

長頸鹿

縱橫四海
未曾低眉、俯首

卻甘願
化身為長頸鹿
隨時為
妳
低下頭

知否
愛　就是為妳低下頭

愛是有你的陪伴

從1971年到2021年

沒有誓言　只有半世紀的
相守

愛，不就是我陪妳一起走下去
一起
白頭

你是誰？

一陣掠過綠林的風
飛越千山的鷹鳥
夜半悠悠響起的鐘聲
橫在湖中的孤舟
水面上暗淡的星星
天上一顆碩大無比的
淚

禿枝上乍然爆出的一朵
小紅花

疫情下的岷灣

夕照下。一張空椅

癡癡地等著
那對親密的
情人

恍如等候大城市昔日的
榮景

願那對情侶安康無恙
願椰樹下仍有說不完的
情話

入晚的海景

離去時落日不忘
對大海說：謝謝妳心中
只有我

大海支支吾吾

此刻。月亮已悄然露出
雲端

讀唐詩

戰亂如故　人心依舊
一部唐詩概括了整部人類史

不必掩卷而歎
疫下的亂象尤勝往昔

餘音

椰樹說：戀人相聚
是為了別離

浪濤嘩然大笑：別離
是無窮的餘音

畫夢

讀書　抄經
種春天　養鳥鳴

不談世事

遠離塵囂

心很簡單
人　看似糊塗
活得還像自己
而在天涯盡處之
木屋裡
守著情守著愛

如此餘生。別無他求

樹的腳步

變異病毒。核廢水
戰亂。饑饉。洪災……

詩人仍然祈求：
世界和平　歲月靜好

看！一棵樹穿過一堵石牆
榮榮生長
看！堅硬的岩石也無法阻擋
樹的
腳步

生命力旺盛
無畏無懼

腳踏車

一戰時。一個大男孩
把心愛的腳踏車鎖在了
一棵小樹旁邊
然後，遠赴戰場去
打仗

他，再也沒有返回家鄉
而腳踏車長進了樹裡

世界啊！
詩千首
不就是我鎖在妳底心中
的
腳踏車

心事[23]

像沉船
靜靜躺在千噚的海底

殘月照著碼頭
照著妳的愁容

明知是空等　仍然堅守著
本份　伸出溫暖的臂灣

卻不知有些心事
只能放在那裡　永不
浮上
水面

例如嫉惡如仇

疫下的世界之一

淡然　看核汙水入海
從容　面對確診人數與物價

---

[23] 轉山，是藏人表現宗教虔誠的一種方式。他們相信，轉山是最高效、最強效的修
行，可以洗盡一切罪孽。惟，半途喪生者不少，那也只好認了。

齊飛

無奈又如何？悵愁又如何？

疫下的世界之二

含悲　看轟炸機掠空
淚眼　望著一艘艘戰艦
集結

瘟疫放一邊。相煎太急？

浪漫的色彩

疫下生活不易。心中
卻有一份從容　宛如漫漫
長夜裡的月光　即使人間
悲苦　也有淒美浪漫的色彩

殖民地

瘟疫如「風沙雷雨電」
齊襲人間

除了最強的核彈外
用什麼迎敵？

怕只怕
地球變成病毒的殖民地
永遠勞役著人類

時代變了。是否有人
為子孫後代深感
歉疚

列車上之一

站在列車上
外面的風景在疾飛

倘若越過時間
青春就經典般留駐了

若是速度慢
那就恍如爛詩，也像浪花
瞬間
消失

列車上之二

青春是
車窗外留不住的風景

浮名是
倒退著
疾飛而去的樹木

快到終點站了
心中　只留下一份淡然
與從容

以及
千古的寂寞

大海・星月——給李怡樂兄

未必是緣份。應是真心
換來了半世紀的友情

大海　輝映了星月的光芒
星月　也詩意了浪花的綻放

老丐的話

路邊的棲身之處
勝過滿城的高樓大廈

一塊麵包
勝過全世界的美味佳餚

盈眶的淚水
比滿口的仁義道德和悲憫
同情

心湖的波紋

新冠疫情
奪去了15,810菲人的生命
爾今　幾乎沒有了傳統方式
的
葬禮

只能面對骨灰盒表達無盡的
哀思

即使瘟疫改變了世界的秩序
也改變不了人們心中
對親人遽然離去的悲痛
和神傷

心湖的波紋　恆在那裡

雪山含悲[24]

樹下。飄落的櫻花
恍如苦澀的淚

---

[24] 笑容背後的虛偽，令人厭惡。

天色漸暗。是否象徵著
人類的未來

雪山含悲。似在懺悔往昔
所造諸惡業

星州白米粉

宅在家。味覺
很是想念那一碟星州白米粉

有親情在。一道簡單的料理
即是天下第一美味佳餚

思念

思念啊
捲天的浪濤

迅猛的
大海嘯
頃刻間淹沒了心的
島嶼

放眼是
一片汪洋
哪裡還有什麼沙灘
椰林樹影？

平安夜

今天是疫下的平安夜
月亮　臉色蒼白
星星　愈看愈像淚珠兒

再怎麼不堪
也得盡歡　讓笑聲
注滿杯子　別輕易錯過了
佳節

寧可心醉　也不要心碎

後代

數十年後。當有人憶起
這場曠世的悲情時　或會
笑著說：他們唯一所做的

好事　是將後代全都變成了
機器人

一張舊照片

衷心祝福
照片中的女孩一生美好如
春花

長大後
她，去了哪裡
是否沐浴於
愛情溫暖的陽光下？
是否
經歷過人生種種的
波折？

也許
遭受風霜
而落花般飄零
那麼，詩人的祝福
未免太遲了？

驚豔不已

有個性。有傲氣
有點潑辣
又無限溫柔
像一首塞外的長歌
也清絕如一闋花間詞
令人
心醉

若是長伴左右
蒔花弄草　　品茶讀詩
隨著歲月的流逝而逐漸
老去
應是一種至大的幸福

無如這樣的女子
跟好詩一樣難求

落日九行

落日這睜大的眼睛
看到了浪濤捲天的海洋之
遼闊

未能看清滄海般人心的
深度

詩人，和它
同深
遺
憾

老照片

照片裡，隱藏著一個動盪
不安年代的悲傷旋律
有心人總會清晰的聽見

著長衫的男人，眼睛裡有山
有水，有溫柔以及一份堅毅
悄悄地觸動了你。令人
感受到傲立於大時代的
風骨

穿旗袍的女子，清絕如
琴弦上悅耳的音符
眉宇間自有一種美、愛
和溫暖。並非現代高明的
化妝技術所能仿效

俱往矣
半個世紀前的侵略戰爭
貧困、飢餓、離亂，全都去
遠了。永遠不復再現？

雨巷・孤獨的身影

難以入眠。依稀看到
孤單的自己
走在一條寂寞的雨巷
走著走著
就來到了民國初年

撐傘。等著前世的情人
終於　她來了　由遠而近
雙眼含悲
僅僅留下一聲歎息
就轉身離去……

這情景
似乎象徵著什麼？
而失落感
何以永在心頭？

多世輪迴

夢見她
撐傘，從雨中找來

不知道身在何處
你只是感到心弦深處
被觸動。生命不只是一生
一世

輪迴之前的情緣
還可以繼續

你也向她走去。相信
人生如夢　而夢
即是真實的人生

錯過了花季

2019年
錯過了相聚於港都的
機會。恍如錯過了人生
的
花季

也許
永無相見之期了
輪迴了幾世　還是
未能相見
未能緊緊地擁抱　直到天荒
地老

下一世。親愛的
要記住
不要再錯過一次美好的
花季

賞晶花

是什麼樣的一雙巧手
雕塑了天地的神韻之美
傳達了許多訊息。如一首
經典　字裡行間全是情與愛

石不語

夜雨　在屋頂上聒噪不停
燈下　回首：

石不語
最可人

愁城無處不飛「詩」

隔離愈久　愈喜歡
素靜淡雅的日子
而推窗　愁城無處不飛
「詩」

即使人情冷暖　世態炎涼
也要感恩一花一草的款款
情深

端坐於時間的角落
以一顆比秋水還柔的心
關照自己
並聆聽世音

或喜　或悲
全在眉間

驚豔時光

宅在家。愈久
筆下　世人心底的哭泣聲
愈是
清晰

封城的大峴
恍如世界的縮影。而愁城
無處不飛「詩」

怨歎是詩
饑腸的轆轆是詩
連親人遽然離去的
痛楚　也是詩

來日。或將驚豔時光？

煙雨入江南

枕頭　微濕
夢裡　也就煙雨
入江南了

小樓對坐
妳以琴音撫慰了受創的
心靈。詩人無以為報
只能　奉上一杯香茗
輕輕為妳拭去臉上
的
淚痕

今生未見。夢中
終於見面了

冰封世界

今夜　寒風
刺骨　發現月光跟憂思一樣
三寸厚了

人間的災禍　冰不冰封？

月光九行

望著小孫子
恍如一瞬間就長大了

心疼！

只能摘下胸中的月亮
贈你。深願這一趟
人生之旅　有明淨而柔和
的
月光

照路

菩提樹

從核廢水入海
看到了一顆包藏的禍心

是想損害亞裔後代的健康
是想讓動物與植物中毒
是想消滅地球大部分人口？

宇宙有其秩序
核廢水
永不會長出一棵
菩提樹

讀大海

讀懂了大海的漲潮與退潮
也就讀懂了生命的律動

在起落之間　浪花映著霞光
那麼的歡欣美麗

心象風景[25]

空了無了
恍如荒涼的大漠

無病無痛。無災無難
無憂無慮。無怨無悔
無牽無掛。無悲無喜

除了愛
偶爾掠過的
颯颯
風沙

---

[25] 在天災（疫情擴散）與人禍（核廢水入海）之情景下，倘若能有這樣的「心象風景」，那就好了矣。

盲山

看了一部禁片《盲山》
一名剛畢業的女子被騙而
賣入山區。她的經歷像是
一首哀歌，悲淒得令人不忍
傾聽……

究竟
傳達了一些什麼訊息？
有沒有予人很多啟示？
是否跟詩一樣涵義深遠？

抬望眼
滿天皆是閃灼的
淚珠兒

* 後記：對沒看過這視頻的讀者，可能不會引起感情共鳴。不過，筆者看了此片
  後，非常痛心這樣的人性。

自在

知道自己斷線的宿命。風箏
仍快快樂樂地飛翔　飛得更
高　看得更遠

聆聽心音

秋蟬的鳴叫中　藏著
春天。一綠　江山就亮了
花開的聲音　響個不停

海灣花園

苦難是暖風　掠過心靈的
海灣花園　長出搖曳的姹紫
嫣紅

歲月的駿馬

飛身上馬
奔馳三千六百萬公里

就是奔不出這心中的情愛

九行

別寄望來世
再來淺酌清歡

錯過了今生
恍如錯過了一場璀璨
的
煙花

親愛的。此時此刻
妳　就是天地賦予的
最美

在時間的深處

依稀記得
妳尚在時間的
深處。當歲月
染白了雙鬢　而詩人獨坐於
涼夜

依稀記得
轉世相聚的誓言　記得

妳比月光還柔和的凝視
以及疼惜的
輕吻

不管
妳以什麼形象出現
詩人必定滿心歡喜　迎妳以
微笑　以眼淚

豪飲岷江水

一飲而盡。這岷江水
有點苦　有點酸
也有點甜

苦的是
淚　酸的
也是淚

甜的
則是泡在水中
往昔無限美好的
時光

閒雲

嚐遍了人生五味
才喜歡淡

淡　近於空無
如閒雲　自在悠然

渡向蒼茫

胸中
瘋長的蘆葦
掩不住
暮色　美麗的哀愁

一行白鷺上青天
江上　孤舟載著詩情
畫意　載著歲月的
沉靜。渡向一片
蒼茫

這支筆

筆　很重很重
滿是大海般波濤洶湧的
情懷

其實很輕。每天都能輕易
舉起來
在天地間
揮灑
淚水

漂水花

夜深沉
你將一塊思念的
石片
削向窗外黑黝黝的
大海

石片
跳了又跳
是否會
一直跳　一直跳

跳到妳家的
門前

蓮心・不悲不喜

凝視著內裡
恍如凝視著
一朵蓮
一尊千手觀音

花瓣
包裹著慈悲
與平常心
以此，迎接無常

不悲不喜
只在小雨的頌經聲中
祈福已出生及未出生的
眾生

心中的懷念

早年喜歡的明星

都一一離去了

內裡閃亮的星子稀少
爾今幾乎全都不見了

李小龍。Yul Brynner
Charton Heston
Kirk Douglas
Sean Connery 等……

他們灌輸了正能量
也薰染了我的的氣魄

懷念他們。猶如
黑暗的天空在懷念一道道
美麗之光束

街樹

一棵街樹
歷經了滄桑

以前　看誰都不順眼
現在　像花也像佛

無畏的花

眾生
無不在困苦之堅挺中存活
猶如峰頂一朵小花　處身於
霜雪中　仍然掙扎著綻放
美麗

一位身患重病的女詩人
在打點滴　及頻頻出入醫院
之間　仍然在堅持創作
甚至含笑面對人生。她是
一種正能量之象徵　也是
人類的縮影

花啊花
不怕枯萎　無畏凋謝
這世界仍將播放更多的
芬香

疫下的遠程教學

報上標題：本學年已發生
17起學生自殺事件

是網上教學的經濟負擔比
一座大山還重？

一名自殺的中學生，生前
對他的母親說：
「媽媽，我不想學習了。我
能從這個網上學到什麼？而
沒有足夠的錢，也無法上網
學習。」

我們只想輕輕拭去媽媽的淚
我們只想好好地哭一場

痛飲岷江水

疫情過去後
我要站在岷海灣之
岸邊　嘯吟出滿腹的
鬱悶

我要痛飲眼淚匯聚而成的
汪洋
大海

我要讓每一滴淚

都化成筆下的
詩句。我要讓孩子們
知道　沒有永遠的痛苦
也沒有過不下去的日子

第四輯

月光入夢

皓月當空

默默無語
心中　有佛

眾星閃爍
萬佛　朝宗

月如霜

——「明月幾時有，把酒問青天。」（蘇東坡）

青天
不語

月光
如霜
卻不曾化霜
這顆心永遠不會
冰冷
永遠撞跳著憐
愛

懷念廣州的銅人

銅人們
別來無恙吧

縱使
疫情嚴峻，全球經濟
進入嚴冬，而眾生歷經過
更多的天災人禍之後
你們依然無恙吧
只是
跟詩人一樣
內心增添了些許遺憾
和憂傷？

西藏南迦巴瓦峰（組詩）[26]

之一‧一覽眾山小
——站在西藏「南迦巴瓦峰」

凌絕頂
果真「一覽眾山小」

---

[26] 南迦巴瓦峰（喜馬拉雅山脈山峰），終年積雪，雲霧繚繞，從不輕易露出真面目，傳說十人九不遇。看到它的真顏，需要緣份，運氣和神靈的眷顧。

無如　雲朵看你
也如斯

之二・夢中的大草原
琴音哀傷
恰似一首小詩

江水長　秋草黃
是多少人的心境

鴻雁南飛
哪一段光陰可以停留？

之三・雲煙
都說人間的名利與權勢
皆是過眼雲煙

一顆柔軟而慈悲的
心
卻跟遠天的星子一樣
永在那裡
閃耀著純淨明亮的
光芒

千年萬載之後。仍在
閃爍不停

大雪封山

大雪封山。朋友說：
遺憾！去不了聖象天門

生命短促。一路的美景
豈能飽覽無遺

漫漫長夜　知道有光華萬丈
的太陽之存在　足矣！

南迦巴瓦峰

在初生的陽光下
山峰　緩緩露出了
驚人的
絕色

恍如一首剛剛發現的
經典之作
觸動了
內心深處

從此　南迦巴瓦峰之秀美

烙印在你的腦海裡
好運一般　跟隨你一生
一世

青翠的竹林

竹林，喚醒了閒情逸致

與竹為伴　詩中可能不染
塵埃　詩情更清逸　詩品
更高

和田玉

心中有妳
就有一個方向

這顆心
很想在遙遠的天河裡
浸泡
千年

或會洗成一塊

美玉。靜靜地躺在時間的
河床上
聆聽著妳多世輪迴的
淺笑

嫣然

胸中的詩

俯在胸前
她竟想聆聽心谷的
聲音

你笑了：裡面有一首詩
有凜凜的寒風　還有無底
的
深淵

像月光
從天上測到地下
依然測不出大自然之心的
深度

月光入夢

月光入窗
偷窺床上的憂思

還想入夢
一探人間苦難的根源

離去時
說道：原來預言多是真的

忍不住在草葉間
留下　點滴晶瑩的淚

一封情書

讀金庸的時代
文采飛揚的年華
邂逅了妳。那一封意外的
情書　仍然放在內心之深處

光陰比退潮還快

知否　知否？

相隔了半個世紀
爾今　仍有坐在燈下的思念
與祝福

晚霞千丈

——被幽禁數十年的張學良[27]少帥，重獲自由後，即迫不及待的飛
　　往美國去見蔣四小姐。有感。

被幽禁了半世紀
張學良終於重獲自由
飛往美國去見他心中的
最愛

什麼是風流什麼是多情？
從這位少帥的身上
豈止可以看到人間的至情
摯愛

時間的洪水也淹沒不了
胸膛裡　比美千丈霞光的
思念

---

[27]　當年，張學良飛美時，已經高齡九十，卻依然不失他的風流倜儻。

是晚霞輝映了英雄的故事
抑是英雄的故事驚豔了
時光？

飛濺的浪花

風說：
水面不平靜

雨　叫道：
驚濤拍岸

一朵飛濺的浪花
哭喊：
嚇死人了！

江湖啊江湖
豈有什麼歲月靜好的
日子？

火葬紅光照夜[28]

火葬紅光照夜。除了
照見病歿待焚的屍體外
是否也照見一顆顆懺悔之
心？

上天已經給予多次的機會

爾今　只能淌淚了
只能任由火葬紅光　照箸
一張張比月亮還憂愁痛苦的
臉

飛

仰望天空
樹上的綠葉
高喊：我欲飛上青天

遍地的枯葉　默默無語

---

[28] 2021年4月，印度出現如此不堪的悲劇：由於大量新冠患者去世（死亡189,544
人），很多地方已開始露天集體焚燒遺體。

火

「這一團烈火
是用來點亮愛情的」她說

親愛的。烽火
則是用來探照真理的

五弦琴

世界
若是一張琴
那麼　每一條生命
無不是琴弦彈出來的
樂音

高山流水。夜雨悲淒
大漠風沙。落花輕歡
萬馬奔騰。小溪嗚咽
每一種曲調　都有其感人
的旋律

一種哀音　一種頹廢
並非生命的全部

尚有更動聽　更感人
甚至　更加令人心醉
的
曲調

琴弦　何只藏有千百種
聲音？
生命　豈止是一種沮喪的
哀音？

迎春花

下雨了。人生的雨愈大
迎春花　開得愈美

如果　妳是迎春花
我就是昨晚夢裡
那陣無聲的　細
雨

愈下愈大
愈開愈美

紅蜻蜓

偶爾逗留於妳底
心湖。我只是點水的」
紅蜻蜓

一瞬即是永恆

亡人節掃墓

歸天的人有關心有
愛

點亮感恩和懷念的人有
情

義山之外
獨缺情和愛？

家

「一生獲獎無數

什麼是詩人最佳的
功勳？」
她笑問

遙指著遠方
詩人說：看！
那亮著燈的
是我和諧而溫馨的
家

癡心的詩人

眠夢中
看見自己走在冷寂的
長巷。轉了幾個彎
竟然來到了
民國初年

有一著長衫之男子
撐傘　等在雨中
等她來赴約
等她　遠走高飛。共度
一生

那是你嗎？癡心的詩人

血染的晚霞

4月27日。演員們重現了
五百年前對抗西班牙侵略者
的墨丹之戰

後來　又歷經了抗美之戰
以及對抗日本侵略者之戰

知否？
被鮮血染紅的岷灣之
落日　即是因此而聞名於
世界

知否？
天際的晚霞何以美豔如斯？

撐開的傘

雨傘　因為撐開而歡聲大叫
很多收攏的雨傘　都躲在
角落　沉默憂鬱。你是雨中
的傘嗎？

醉月

宅在家裡
幸好記憶裡藏有
好酒。可以
邀請當空的月亮
一醉

明月
不勝酒力
竟嘔了一地
的

悵愁

與長風對話

長風問：
為什麼辛勤寫詩？

詩人說：
花朵盛開
只是為了招展？

落日美豔
僅僅是為了一海浪花的
掌聲？

詩人笑了：
浪花　不懂詩
掌聲卻十分響亮

悚然一驚

眼睜睜
看著臉書上
一隻黑鯉魚
倏地　吞吃了身邊的
金鯉

悚然一驚：
我竟活在如此殘酷的
弱肉強食
的
世界

回憶關島

夕陽下
潔白美麗的沙灘
椰樹、海風
還有一杯冰啤酒

爾今
想起關島
即看到密布的戰雲
耳際也迴盪著
轟炸聲

茉莉花茶

輕聲
在妳的耳邊說：愛妳

妳低下頭
聞到茉莉花茶的
芬芳。細聲說：原來
愛的味道這麼
馨香
美好

回眸笑道：我也愛你

紅珊瑚項鍊

「今天，穿了件水藍色旗袍
加上外衣，還是覺得冷」
手機上傳來的的聲音
似乎有點發抖⋯⋯

親愛。天氣跟人情一樣都在
變化。因為，生活不易
大家爭著活命，無暇顧及
其他了

出門時，務必記得加衣
同時，戴上遠方的人贈送的
紅珊瑚項鍊。它會溫暖你底
身心

秋收

彎月是
一把鋒利的秋刀

來吧。此心準備好了
不僅僅可以豐收疫下的悲憫

松樹的話

森林裡到處都是樹。一棵
撐天的老松樹　卻深感孤單

樹愈多　內心愈寂寞。只有
薄涼　沒有共同的語言

幾片樹葉

什麼是茶？
幾片樹葉罷了
卻被人推入玄境
雲霧繚繞，高深莫測

幾片樹葉，不，是「茶」
茶的健康本質，即是
詩人最基本的要求？

一杯好茶啊

一首好詩
氣質敦厚而品位甘醇
越品越有味

時間的笑聲

陽光慢慢往窗口爬
爬進窗內。爬到床上
偷窺詩人的
夢

夢中有青青的大草原
綿延的山　淙淙的流水
還有她的輕歌
以及曼妙的舞姿

時間躲在林間笑
笑幸福　笑心靈的平靜
也笑生命多麼的美好

陽光也笑了。笑詩人
癡傻

掠過藍池

詩人啊　一隻飛鳥
掠過如此靜美的藍池
連倒影
也不留

——2019年4月29日寫於日本藍池池畔

無題四行

冷寂清晨
一句早安
溫暖了天地

入晚了　餘溫猶存

詩如雨

詩如雨
在屋簷上　彈唱不停

雨水再多
歌聲再悲淒
也感動不了天地
徒然
唱了一夜
也只能讓河流陪你
嗚咽

雨停。遍地
殘花　是歲月的凋零

沒有煙雨的小巷

據說染上新冠
即會失去味覺
恰如沒有煙雨的
小巷　沒有花朵搖曳
的
春天

也像是沒有相思的
戀愛

啊不！
寧願繼續閉門讀書

也不要
被確診

當鋪

到處都是人擠人的
當鋪。很想大踏步進去
啪的一聲，把滿腹憂思
摔到桌上，大叫一聲：當了！

幾片樹葉

什麼是茶？
幾片樹葉罷了
卻被人推入玄境
雲霧繚繞，高深莫測

幾片樹葉，不，是「茶」
茶的健康本質，即是
詩人最基本的要求？

一杯好茶啊
一首好詩

氣質敦厚而品位甘醇
越品越有味

椰子

高瞻
遠矚
樹上的椰子有什麼說法？

剖開來。滿肚子淚液

滴水清音

都說
你是冷漠詩人
像一座荒塚
向
月亮

其實你只是詩中的
滴水
清音

滴了千年　沒人聽
懂

金鯉

心　裡　蓄著一池
閒愁。養著幾隻悠遊
的
金鯉

剛剛浮上水面的
是最美的　披著霞光的
詩

錦瑟無端五十弦

蒙塵就蒙塵
放在心裡　也好
放在詩中　也罷

想彈　就彈它個地動山搖

粽子・粽子

生活如粽
可鹹可甜

喜歡吃鹹蛋黃的五花腩肉粽
也愛吃香菇板栗大肉粽

爾今，只吃黃米粽沾白糖
或者什麼也不吃
粽想過寧靜和諧的太平日子

廢墟

著火了。巴黎聖母院[29]
火勢猛烈　煙霧瀰漫

圓明園　終於燒成廢墟了

---

[29]　一年多前，巴黎聖母院大教堂發生大火，最近，法國西部城市又一大教堂發生
　　火災。

活成一首詩？

技巧　奇異的想像
意境　優美的句子
以及豐富的內涵　全都有了

除了觸動人心的那份真與誠

感時花濺淚

從一首杜詩
走入唐時的長安城
兵荒馬亂。你也跟著
不安起來了

放下詩卷　不安的感覺
更盛

世亂
比安祿山之亂　何止嚴重
百倍千倍
「感時花濺淚
恨別鳥驚心」

恆河河畔焚燒著多少別離？

瘟疫、饑荒和戰爭
或將澈底改變這顆藍色的星球
成為
人間地獄？

放生一條魚

放生一條魚
每朵浪花都在歡欣歌舞

宰殺活禽
跟轟炸民舍一樣種下惡因

災禍是
人類不收斂的結果
恍如核廢水入海般禍延生靈
和
子孫後代

剷平大雪山？[30]

以牛糞　以牛尿
以恆河之水
甚至以信仰
對抗新冠疫情的侵襲？

然而
疾病和死亡
跟貧困飢餓一樣
真實
也跟喜瑪拉雅山一樣
難以攀越

誰來剷平這座風雪凜冽的
大雪山？

冷雨淅瀝

科技部調研顯示：十分之六
菲人家庭因疫災幾近斷糧

---

[30] 報載印度染疫人數，可能高達5.3億。而屍體堆放在路邊和恆河河畔。

為了餵養他們的孩子
許多人寧願省吃，甚至挨餓

冷雨淅瀝，恰似一位母親的
淚
不斷

數十萬名失業員工
像失去了觀眾的劇場
也像失魄的軀殼般空蕩
什麼時候
大城市才能恢復它平穩的
節奏，還原它的美好？

賞牡丹

穀雨前後
適宜於賞牡丹

帶雨的花　恍如含淚的
伊人　惹人愛憐

每一朵花
都有其傷心的情懷

世上
含淚的佳人最是令人
心醉

憂傷自有憂傷之美
以及
深度

疫下失眠之夜

長夜漫漫。公雞
嘀咕道：

就是不信天色不肯
明

檯燈讀詩

——「繁華事散逐香塵，流水無情草自春。」（杜牧）

檯燈　每晚都用心
讀你的詩。就是不懂
疫下所寫的詩　總聽見

若有似無的哽咽

＊詩後：2021年5月1日報載菲衛生部長表示：如不遵守規則和加緊抗疫，菲律賓「很有可能」面對類似印度的疫情大爆發。堪憂！

詩音

夜裡。是否聽見遠山
低沉的鐘聲？那是筆
用一句詩撞擊出來的聲音

悟者自悟。安然入睡也好

殘陽

詩　越寫越窮
窮得只剩下技巧
猶如西天即將消失的夕陽
餘暉

宅家的日子

從憂思中
掏出一把光陰

一擰
就滲出淚水

黃昏一瞥

翻騰的江河
嘩笑著往前衝
沿岸的大小樹伸出
枝椏　卻拉也拉不住

落日
躲在雲層之後偷笑
這時候　江河
倏然直立起來
嚇得紅太陽
噗通一聲　掉入水中

月亮已摀著嘴
登場

思念的腳步

假如夜裡，妳的心湖
無端泛起一圈圈漣漪
遠方的人兒呀，那是我
思念的腳步

黃晶茶几

空等了千年
依然
無人

縱使有人
相對坐了下來
談詩歌　談字
甚至談心事。終須
一別

還是邀「淡」與「靜」
坐下來對飲吧
淡　可久遠
靜　可永恆

大哉問

什麼是迅雷？
什麼是電光
石火？
她笑望著夜空

親愛的。詩人且問妳
什麼是光陰？
什麼是生命？

獨飲

飲著寂寞。無端端的
往事　為何驚動詩人筆尖
的思念

古月

———「床前明月光，疑是地上霜。」（李白）

妳低眉：再深的情
也只有一生一世嗎？

詩人笑了　唐朝的月亮
至今　仍然照著我們

橋

架在兩岸之間
橋，很長很堅固
宏偉。惟，怎麼看
都不像一雙緊握的手

人生的版圖

詩三千
排成一幅人生的
版圖

綜觀全圖
就是找不到
安放此心
的
所在

只好放在詩裡

世界詩歌日

3月21日。今天是世界詩歌日

全球病例急遽增加
筆下　沒有月宮裡的
美　也沒有大江河吟誦
不朽之作

只有樹葉般輕微的歎息
只有淒冷的
風

和夜雨的唸經聲

口罩之後

立春了
什麼時候　才會見到
繁花盛放　蜂蝶翩翩飛
舞

親愛的。春天
就藏在口罩後面

摘下口罩時
春天
就來繁榮和美好
世界了

竹林

假如　大地是一顆心
那麼　它在眼前長出一片
青翠的竹林，定是有話
要說

挺直　　是腰桿是人品[31]
中空　　是謙虛是胸襟

清風拂面
站在竹林之前
聽了許久　才聽
懂

你也聽懂了嗎？

---

[31] 疫情持續蔓延，難免令人擔憂心慌。讀到一行文字：災難面前挺起不屈的脊樑。
有感。

黃鶴樓八行

一輪明月　母親般
撫慰著染病的黃鶴樓

黃鶴樓不哭　不呻吟
反而輕聲安慰圓月：
我很快很快
就會好起來的

月亮的焦慮
也是全世界的焦慮

一根弦

天地線是摸不著的心弦
雖有衷曲卻未曾傾訴

倘若　落日是知音
就彈它個大海翻湧　浪捲天

世界真美好

「市面上，有很多假藥」
醫生輕聲說
像重拳般猛擊過來

唉！
假如藥是真的
而病是假的呢？
假如白首相知相守
是真的
而墳墓是假的呢？
假如飯香是真的
而餓孚是假的呢？
假如歲月靜好是真的
而戰亂　殺戮是假的呢？

詩人笑了
醫生也跟著笑了

風箏之二

比斷線　更悲哀

被製成風箏
卻從未翱翔於藍天

傷心的落日

喜馬拉雅山
可以擋住變異的病毒否？

浸泡屍體的恆河水
將流入大海，八爪魚般勒住
全世界的脖子？

大災禍
是策略的目標
抑或是許多巧合中
的
巧合？

落日
為何哭得眼睛通紅？

* 詩後：近日看岷灣的落日，愈看愈像哭紅了的眼睛。

千島之國的食櫥

不忍疫情下貧民挨餓
街頭出現了一座竹製小食櫥

短短半個月。全菲律賓
出現了上千個小食櫥

美若春花。從遍地盛開的
花朵中
看到了人間
的
絕色

也看到了希望的曙光

稻穗的話

寒風說
請低下你高傲的頭

稻穗笑了：我彎腰低頭
是不屑於看人間太多的鬧劇

迷人的夜景

全世界美麗的夜景
多是燈光襯托出來的

敢問
閣下是柔和的燈光否？

宇宙的秩序

站在門邊
一位清秀的女子
似乎從來都沒有見過
卻又那麼熟悉　好像心中
永難忘懷
的
另一種鄉愁

即使多次輪迴
也依稀記得她的
模樣

倘若宇宙沒有秩序
那就讓這支筆給它一個

美好
的
秩序吧

臍帶九行——給母親

出生時那條臍帶
仍未剪斷

母親離開多年了
今晚　赫然發現思念這條
附著血絲
的
臍帶

心連心
千年萬年

駝鈴

常記得妳的笑　深情的眼神
再大的苦難　也能熬過

如一串駝鈴　在烈日下
叮叮噹噹越過大漠的狂風沙

讀詩‧十四行

從一首詩中
看不到什麼真理
也看不到擬人化的神

只看到詩後的意識
或者一顆撞跳著美善的
心。只看到一種終極力量
在冥冥中推動生命往前
邁進　推動宇宙不斷的運行

不必說
你真正懂得或理解了
這首詩。只要嘴角掛著
一朵
會心的微笑

一切盡在心中

母親九行

母親
望著孩子的背景
愈去愈遠

孩子
越過千重山
萬重水
走不出母親溫暖
的
眼光

思念

時光
那一頭是母親
這一頭是孤單的我

妳默默無聲　我熱淚盈眶

夕陽下一聲雁鳴[32]

疫病瀰漫全球。這場
千年一遇的災難
到處都有痛苦的呻吟、淒厲
的
哀號

用心聽。像哀哀的小鳥
在祈求母親叼著小蟲回巢

哭聲並非絕望。而是生存的
渴望　堅持存活的念想

這是人類內心深處最最真誠
的
聲音

恍如夕陽下一聲淒絕的雁鳴

---

[32] 2021年5月12日，全球新冠死亡突破330萬例。印度疫情嚴峻，單日死亡人數高居
世界首位。

火光沖天

夜空下。點點火光
燒的是屍體

屍體如牲畜沒尊嚴
活人也一樣

一名印度男子哽咽道：
媽媽！請繼續努力呼吸

在一場
可能是精心策劃的疫情下
蒼生百姓　哪有什麼人權
什麼
尊嚴？

接種疫苗

這一針是
晨光　鳥鳴　百花
蜿蜒的河流　蝴蝶
大好的江山　藍天

這一針是
人間靜美的歲月
也是上蒼伸出的仁慈之
手

敢問：
新冠　有了疫苗
戰亂呢？

感動・致敬[33]

窮雖窮。卻在一天內
免費為岷市市民接種了
1.5萬劑疫苗

沒有囤積問題。也沒有
所謂的「朱門酒肉臭」
只有一顆護民愛民之心

豎起大拇指吧
向人類這種崇高的情操
致敬

---

[33]　強國囤積疫苗，菲律賓沒有。只著眼於民眾的生命與健康。

西門町

西門町，陌生的安靜
不見了昔日的擁擠
與喧囂

悄悄，還原了每一條街道的
寬敞。即使如此，也裝不下
這一場曠世的悲情

整個城市，像是突然癱軟了
下來。惟，表面的靜謐
未必掩飾得了內心的波濤
洶湧

晚霞紅暈。願它象徵著人類
美好
的
未來

沉思的聲音

世界是一面鏡子
映照出內心之景象

青山綠水　燦爛的陽光
全展現你的眼前

若是
疫災嚴重　戰火不熄
那也不過是你的心態
之
反映

這是沉思的聲音
「夜半鐘聲到客船」般的
聲音

疫下的幸福之二

風說：人有柴米油鹽的煩惱
雨笑了：也有一地雞毛的瑣碎

詩人信手寫道：不染疫
活下去便是幸福

一場人生

喜歡
靜靜坐在咖啡廳的角落
像一棵街樹　觀看著
人生百態　以及人間的
滄桑

喜歡坐在夕陽下
回憶那家不見了蹤跡的
咖啡廳。喜歡心中
有一點惆愁
以及
不捨

可能　也喜歡
在宇宙的深處
偶爾憶起自己靜坐在夕照中
思念
前事

雲卷雲舒

雲卷雲舒
飄散了　也就不復再見

來生　不會有一樣的雲
和相同的人

惟
母親的音容永遠銘記在心
歷經千年
依然
感恩

夕陽斜照

釣客已離去
竿
仍
在

釣著千年的悲愴

風

——讀向明老師的「風」詩，有感

沒有手
從來不抱大腿

沒有腳
從來不知什麼叫屈膝

也不長眼睛
從來不看臉色

要來就來
要去就去
東西南北任逍遙

唇印

古代。新郎
掀起新娘的頭蓋時
一顆心是怎樣撞跳的？

今晚
若是悄悄的解開妳的口罩
或將驚豔於嘴角的春花

那唇印
會不會在詩人的心上
印上三世輪迴的
盟
約

一段情

愛上這顆藍色的星球
只為一段情

恍若愛上長安城，只為
酒肆中的李杜

愛，永恆不變
只為一段難忘的往事，那麼的
刻骨
銘心

（或許是愛情
也可能是一段母子情）

美景常在

什麼是人生最美的風景？
妳說：心中綻放的一朵玫瑰

啊不！那是活成妳每天的
牽掛。世上無可比擬的美

流浪生死

不要　被流浪生死
不要　被人道或畜生道

要　迅風般自主
要　恆古不變如虛空

果真要輪迴
就像日月一樣　天天重生
綻放
萬丈的
光芒

夜裡的小雨

「什麼是愛啊？」她問

看！窗外的小雨
點點滴滴
全是對萬物的善意

銅像九行

不願
在冷雨中站成銅像
說不出一個民族的屈辱和尊嚴
吼不出胸中的憤怒
唱不出對芬芳茉莉花的讚美
也不能為苦難的家國流下眼淚
更不能，柔聲的
對她說：

我愛妳，甚於自己，甚於桂冠

傷口六行

你是
宇宙的傷口

一首詩
一滴血

誰來止
血？

賭場

電梯
開口笑：請進！請進！

先讓你
登天堂　再下十八層地獄

鄭州，今晚無眠[34]

每一盞燈都醒著
在風雨中　流淚不停

千山萬水之外
你　也徹夜無眠
眼眶
濡濕嗎？

---

[34] 七月中旬，鄭州發生洪災，損失慘重，而眾生受苦受難……

長巷的盡頭

沿著記憶的長巷
一直走。會找到童年
或者青春年少嗎？
會不會找到媽媽的一聲
呼喚？

下著小雨。石板路微濕
仿如濡濕的心情

即使找到了舊居
推門進去，也是空無一人了
連愛笑的妹妹
也不見了縱影

僅留下一屋子淒清
以及滿腹
的
悵愁

紅花。白花

疫情下。麥堅尼堡[35]更加冷靜了
只有夜裡，月光來照亮眾多
亡靈的哀傷，以及無盡的
思念

一排排十字架啊
一朵朵小白花，永遠盛開於
歷史的沃土

而戰爭的種子，已然散播到
全世界。或將在更多老弱婦孺
的胸口，開出鮮豔的紅花

也可能開成一朵花般美麗的
超大的
蕈狀雲

---

[35] 第二次世界大戰期間，三萬多美軍在太平洋地區戰死，其中一萬七千有骸骨者以
十字架刻名成等距，安葬於菲律賓馬尼拉市郊的一處墳場，即「麥堅利堡」（Fort
Mckinley）。

點評和權詩二首

菲華著名詩評家　李怡樂

　　新冠病毒在世界傳播之後，社會秩序隨之改變。即使封了城，疫情依然嚴峻，人人都不得不成了「囚犯」。時日一久，憂悒便籠罩著大腦思維。於是，人們對過往的人生，開始彷徨、懷疑……

　　菲華傑出詩人和權，2020年12月於臉書上刊登〈詩三千〉，即是在上述背景下，抒發內心感受的詩篇：

〈詩三千〉

一生讀書、寫詩
究竟為什麼？

既負了青春年華
亦負了親情與愛情

園中，一樹梨花開遍
所為何來？

若果
到處有疫情蔓延
到處有饑荒、戰亂
那麼，寫詩又能改變什麼？
又能改變什麼？

（柳永：忍把浮名，換了淺斟低唱！）

　　俗言道：「暗箭難防」。與肉眼看不見的敵人（病毒）作戰，實在太難了！詩人的懊惱躍然紙上——眼前「一樹梨花」竟然如此開心（所為何來？）幸災樂禍是嗎？同時很自疚，一生所學何用？面對世間的饑荒、戰亂和病毒肆虐，根本無能為力，更妄想「能改變什麼」！詩中又重複一遍「又能改變什麼？」可見詩人的內心，何等的無奈。

　　和權的詩，總是這樣以真情打動人心。

　　雖然和權寫詩，變化各種形式和技巧。但其「憂思天下」之心不變，憐憫之情不變。他的筆，一直緊跟著時代的腳步，記錄讓他感觸的事。他的堅持和努力，沒有絲毫名、利的念頭，都是出自對詩純粹的「愛情」。他（喻蒼鷹）表白過：「飛過了／蒼鷹說／我不在天空留影／心湖的倒影／也不留」（〈情〉，發表於臉書）。

　　「忍把浮名，換了淺斟低唱！」是北宋著名詞人柳永的〈鶴中天・黃金榜上〉的結尾句。表達了他視名利如糞土，追求自我的豪放之情。而今，和權表現出的境界，顯然高一層次——忍把浮名，換了賦詩三千。這不是太平盛世，花前月下的淺斟低唱。而是憂思天下，憐憫弱勢群體接地氣的詩。詩人胸中充滿著「情」，遠勝任何「名」和「利」，是大我廣意之「情」。明白這一點，則不難理解下一首和權的詩〈情為何物？〉：

　　〈情為何物？〉

　　嚥氣前

眾生不捨的並非名利

不願瞑目的
是那一份千丈瀑布般的情

下一世
亦即今生的報應
無他 全是
一個「情」字

　　大限到來時，生前所拚命追逐的名、利，豈能帶走?!
　　「情」，是能量，可以不斷循環。能夠影響別人，且得到反
饋。有位偉人曾說，世上沒有無緣無故的愛，也沒有無緣無故的
恨。有因，則有果。按照愛因斯坦「相對論」，沒有絕對的因，也
沒有絕對的果。因此，今生是前世的果，而今生卻是「下一世」的
因。
　　全是／一個「情」字，值得珍惜。

2021年3月30日
刊於菲律賓世界日報《文藝》

小詩簡評

李怡樂

　　有種詩，以日常事物入詩，以日常口語表述，卻隱含著言外之深意。能創作這樣「大智若愚」的詩，絕非等閒之輩。

　　請看下面一首小詩：

電梯
開口笑：請進！請進！

先讓你
登天堂　再下十八層地獄

　　此詩字面上平淡無奇，只是運用了擬人手法，讓「電梯」說人話。

　　第一段描述「電梯」的表象。未言先笑，連聲道「請」，一副迎客恭敬之狀。第二段描述「電梯」邪惡的心機。

　　電梯本來就是「上」與「下」，為何上「天堂」，下「地獄」呢？當你看清此詩題目：〈賭場〉。聰明的讀者該已明白作者所欲表達的真諦。「電梯」，扮演給賭場輸送賭徒的角色。常言道「十賭九輸」，上「天堂」只是瞬間的幻覺，下「地獄」才是真實必然的結局。

　　此詩，字簡意賅含蘊不露。是菲華傑出詩人和權的大作，與讀者們分享。

吾友侯建州來訊

2018年10月，吾友侯建州傳訊：

今年太平洋國際詩歌節邀請我選一首別人的詩朗讀，我選詩人和權的〈落日藥丸〉：

〈落日藥丸〉

憂思天下，或許
不是癌症一般的
難以治療
只要
伸手取來落日藥丸
就著洶湧的海
暢快地
送下喉嚨

Pildoras ng Lumulubog na Araw

Ang labis na pagkabahala sa mundo,

Hindi siguro singhirap gamutin

Gaya ng kanser

Kung magagawa lang abutin

Ang pildoras ng lumulubog na araw,

At lunukin sa tulong

Ng dumadaluyong

Na dagat.

謝謝建州！

～～～

侯建州回覆：

　　這首詩當時朗讀完頗受好評，在大洋之濱的松園朗讀別具風味，在洄瀾也有落日藥丸，一樣可以就著洶湧的海暢快地送下喉嚨，這顆藥丸也有了馬尼拉的思念與祝福。很久沒說大家樂語（編按：塔加路語Tagalog）的我，太平洋詩歌節前一周就找了隔壁的菲律賓朋友一字一句用道地的菲語讀給我聽，讓我溫習菲律賓的韻律，讓我在朗讀時能讓華語和菲語在會場一同跳舞。謝謝和權的好詩！

淺評和權作品〈慈悲〉

林克強

〈慈悲〉

一抹微笑
撫慰了蒼生

何曾　有人
輕聲安慰過菩薩

　　慈悲，佛教術語，為慈與悲兩者的合稱，為佛教基本教義之一，也是四無量心的基礎。大乘佛教中，佛、菩薩以追求慈悲與智慧為最高目標。

　　慈，是指帶給他人利益與幸福；慈悲的悲是指掃除他人心中的不利益與悲傷。慈愛眾生並給予快樂（與樂），稱為慈。悲的意思，是同感其苦，憐憫眾生，並拔除其苦（拔苦），稱為悲。兩者合稱為慈悲。亦謂給諸有情快樂與快樂之因，並將彼等從苦難與苦難之因中拔救出來，亦泛指慈愛與憐憫。

　　詩人和權以「慈悲」為題入詩，短短四句，凸顯作者的獨特思考和機智的發現，囊括了社會生活中一些問題的現象，給人啟迪，使人頓悟。

一抹微笑
撫慰了蒼生

佛以慈悲為懷，慈顏常笑。奉信佛的善男信女，在佛像前燒香跪拜作揖，默然祈禱心願，從那／一抹微笑／中，獲得撫慰，釋然心結。當然，作者這兩句詩，更有引伸和廣泛的寓意，社會生活中何嘗不是如此呢？那些友善的微笑、關愛的微笑、救助的微笑，照樣／撫慰了蒼生。這是對美好微笑的肯定和贊揚。

　　緊接著詩人筆鋒一轉，引伸出一抹微笑撫慰了蒼生後，一種值得思考的提問：

　　何曾　有人
　　輕聲安慰過菩薩

　　是這樣的，我們只看見求佛拜佛的人，得到心靈安慰，揚長而去，卻未見他們發聲安慰過菩薩。這雖然是寺廟裡出現的一個場景，卻寓意社會生活中的病症，使人聯想到施恩和報恩的反差。常言道，滴水之恩當湧泉相報。但是，在現實中，並非人人都做到知恩感恩報恩。詩人和權的「慈悲」，兩小段，兩意境，言簡意賅，慧眼獨到，閃爍思辯的光芒，使我們加深對慈悲的理解和認識，你慈悲為懷，我慈悲回報，人與人之間，應該相互慈悲。一首小詩，如此能量，足矣，為贊！

林克強

2019年10月24日夜　於四川隆昌市

和權寫作年表

一九六〇年代加入辛墾文藝社。努力於寫作及推動菲華詩運。

一九八〇年　詩作入選《中國情詩選》，常恩主編，青山出版社
　　　　　　印行。

一九八五年　與林泉、月曲了、謝馨、吳天霽、珮瓊、陳默、蔡
　　　　　　銘、白凌、王勇創立「千島詩社」。與林泉、月曲了
　　　　　　掌編《千島詩刊》第1期至26期（共編二年半。不設
　　　　　　「社長」位。和權負責組稿、審稿、撰寫「詩訊」、
　　　　　　校對，以及對台、港、中、星、馬、美、加等地之詩
　　　　　　刊的交流）。

一九八六年　擔任辛墾文藝社社長兼主編。

一九八六年　榮獲菲律賓王國棟文藝基金會「新詩獎」，評審委
　　　　　　員：向明、辛鬱、趙天儀。

一九八六年　出版詩集《橘子的話》，非馬、向明、蕭蕭作序，台
　　　　　　灣林白出版社刊行。

一九八六年　為菲華詩選《玫瑰與坦克》組稿，並撰〈菲華詩壇現
　　　　　　況〉。張香華主編，林白出版社刊行。

一九八六年　詩作〈橘子的話〉，收入台灣爾雅版向陽主編的
　　　　　　《七十五年詩選》一書。張默評語：結構單純，引喻
　　　　　　明確，文字淺顯，但是卻道出了海外華僑共同普遍的
　　　　　　心聲。

一九八六年　應邀擔任學群青年詩文獎評審委員。

一九八七年　英文版《亞洲週刊》（Asia Week），介紹和權的《橘
　　　　　　子的話》，並附和權照片。

一九八七年　加入台灣「創世紀詩社」。

一九八七年　脫離「千島詩社」。與林泉、一樂等創立「菲華現代詩研究會」。主編研究會《萬象詩刊》二十年（每月借聯合日報刊出整版詩創作、詩評論等。從不停刊）。

一九八七年　《橘子的話》詩集榮獲台灣華僑救國聯合總會華文著述獎「新詩首獎」，除頒獎章獎金外，並頒獎狀。評語：寫出華僑的心聲及對祖國與先人的懷念，清新簡潔感人至深。

一九八七年　詩作〈拍照〉收入《小詩選讀》，張默編，台灣爾雅出版社出版。張默說：「和權善於經營小詩。『拍照』一詩語句短小而厚實，敘事清晰而俐落，……其中滿布以退為進，亦虛亦實，似真似假的情境，……有人以『自然美、純淨美、精短美、親切美、暢曉美』（姚學禮語）來稱許他，亦頗貼切。」

一九八七年　台灣《時報週刊》769期，刊出和權撰寫的〈獨行的旅人〉（作家談自己的書。我寫「你是否撫觸到衣襟上被親吻的痕跡」），並附和權照片。

一九八八年　與林泉、李怡樂（一樂）合著詩評集《論析現代詩》，香港銀河出版社刊行。同時編選《萬象詩選》。

一九八九年　二度蟬聯菲律賓王國棟文藝基金會「新詩獎」。評審委員：蓉子等。

一九八九年　獲菲華兒童文學研究會、林謝淑英文藝基金會童詩獎。

一九九〇年　大陸知名詩人柳易冰主編的詩選集《鄉愁──台灣與海外華人抒情詩選》（河北人民出版社），收入和權的詩〈紹興酒〉，又在大陸著名的《詩歌報》「詩帆高掛──海外華人抒情詩選萃」中介紹和權的生平與作品。

一九九一年　詩集《你是否撫觸到衣襟上被親吻的痕跡》出版，羅門作序，華曄出版社。

一九九一年　榮獲台灣僑務委員會獎狀。評語：華僑作家陳和權先生文采斐然，所作詩集反映時事對宣揚中華文化促進中菲文化交流貢獻良多特頒此狀以資表揚。並頒獎金。

一九九一年　詩評論〈迷人的光輝〉及〈試論羅門的週末旅途事件〉二篇，收入《門羅天下》（當代名家論羅門）一書，文史哲出版社。

一九九一年　小品文〈羅敏哥哥〉，收入台灣《中國時報‧人間副刊》溫馨專欄精選暢銷書《愛的小故事》，焦桐主編，時報文化出版社。

一九九一年　獲中國全國新詩大賽「寶雞詩獎」。

一九九二年　詩集《落日藥丸》出版，菲律賓現代詩研究會出版發行，列入「萬象叢書之四」。

一九九二年　大陸著名詩評家李元洛評論文章〈千島之國的桔香──菲華詩人和權作品欣賞〉，收入李元洛著作《寫給繆斯的情書》，北岳文藝社出版發行。

一九九二年　詩作〈落日藥丸〉，選入香港《奇詩怪傳》，張詩劍主編，香港文學報社出版。

一九九二年　《落日藥丸》詩集，榮獲台灣「中興文藝獎」，除頒第十六屆中興文藝獎章（新詩獎）壹枚外，並頒獎金。

一九九三年　台灣文藝之窗「詩的小語」（張香華主持）於七月四日警察廣播電台介紹和權生平，並播出和權的詩多首：〈鞋〉、〈拍照〉、〈鈔票〉、〈我的女兒〉、〈彩筆與詩集〉。

一九九三年	榮獲菲律賓中正學院校友會「優秀校友獎」。
一九九三年	台灣《文訊》月刊，刊出女詩人張香華的文章〈珍禽——認識七年來的和權〉，並附和權照片。
一九九三年	童詩〈瀑布〉、〈我變成了一隻小貓〉、〈不公平的媽媽〉、〈螢火蟲〉四首，收入「世界華文兒童文學」（World Children Literature in Chinese）。中國太原，希望出版社刊行。
一九九三年	詩作〈潮濕的鐘聲〉，榮獲台灣「新陸小詩獎」。作家柏楊先生代為領獎。
一九九四年	詩作入選台灣《中國詩歌選》。
一九九四年	詩作多首入選南斯拉夫版《中國當代詩選》，張香華編。
一九九五年	詩作〈橘子的話〉，選入《新詩三百首》（一九一七～一九九五。集海內外新詩人二百二十四家，三百三十六首詩作於一書。大學現代詩課堂上採作教材）。張默、蕭蕭編，九歌出版社刊行。
一九九五年	於聯合日報以筆名「禾木」撰寫專欄「海闊天空」至今。
一九九五年	二度榮獲菲律賓中正學院校友會「優秀校友獎」。
一九九五年	詩作多首入選羅馬尼亞版《中國當代詩選》，張香華編。
一九九五年	大陸評論家陳賢茂、吳奕錡撰寫〈談和權〉，收入評述菲華文學的史書。
一九九六年	台灣《時報週刊》959期，大篇幅刊出和權的詩〈除夕・煙花——給妻〉（選自詩集《落日藥丸》），附謝岳勳之彩色攝影，及模特兒蔡美優之演出。
一九九六年	應邀擔任菲華兒童文學學會主辦第一屆菲華兒童作文

比賽評審委員。獲贈感謝狀。

一九九七年　台灣《時報週刊》985期，大篇幅刊出和權的詩《印泥》，附黃建昌之彩色攝影，及影星何如芸之演出。

一九九七年　五四文藝節文總於自由大廈舉辦慶祝晚會，多名女作家朗誦和權長詩〈狼毫今何在〉（朗誦者：黃珍玲、小華、范鳴英、九華等人）。

一九九七～一九九九年　應邀擔任菲律賓僑中學院總分校中小學生作文比賽之評審委員。獲贈感謝狀。

二〇〇〇年　《和權文集》出版，雲鶴主編，中國鷺江出版社出版發行。附錄邵德懷、李元洛、劉華、姚學禮、林泉、吳新宇、周柴評論文章。

二〇〇〇～二〇〇一年　再度應邀擔任菲律賓僑中學院總分校學生作文比賽之評審委員。獲贈感謝狀。

二〇〇六年　詩作〈葉子〉，收入台灣《情趣小詩選》，向明主編，聯經出版社刊行。

二〇〇八年　大陸評論家汪義生撰寫〈華夏文脈的尋根者——和權和他的《橘子的話》〉，收入他的評論集《走出王彬街》。

二〇一〇年　《創世紀》詩雜誌162期，刊出和權的詩創作〈從「象牙」到「掌中日月」十首〉，並刊出二〇〇九年十二月二十九日，攜一對子女訪台時，與創世紀老友多人在台北三軍軍官俱樂部雅集之照片。

二〇一〇年　台灣《文訊》292期，刊出和權於二〇〇九年十二月三十一日，與多位創世紀詩社同仁拜訪文訊雜誌社（封德屏總編輯親自接待。大家一同參訪文訊資料中心書庫，並在現場留影）之照片。該期介紹和權生平及作品。

二〇一〇年　　台灣《文訊》294期，刊出和權詩兩首〈砲彈與嘴巴〉及〈集郵〉。附彩色攝影照片，十分精美。

二〇一〇年　　於《聯合日報》社會版「海闊天空」闢「詩之葉」，致力提升詩量詩質，影響社會風氣。

二〇一〇年　　台灣《文訊》297期再度刊出和權的詩二首〈咖啡〉與〈黑咖啡〉。附彩色攝影照片，至為精美。

二〇一〇年　　詩集《我忍不住大笑》出版，楊宗翰主編，台灣秀威文化公司刊行（列入「菲律賓‧華文風」叢書之十）。

二〇一〇年　　《和權詩文集》出版，陳瓊華主編，菲律賓王國棟文藝基金會刊行（列入「菲律賓‧華文風」叢書之十）。

二〇一〇年　　九月，詩作〈熱水瓶〉收錄南一書局出版之中學國文輔助教材《基測綜合題本》。

二〇一〇年　　詩集《隱約的鳥聲》出版，楊宗翰主編，台灣秀威資訊科技股份有限公司製作發行（列入「菲律賓‧華文風」叢書之十九）。該書剛出版，國立台灣大學圖書館即購一冊。記錄號碼：B3723139。

二〇一〇年　　〈獨飲〉一詩刊於《文訊》。附彩色攝影照片，很是精美。

二〇一一年　　詩作多首譯成韓文，刊於韓國重量級詩刊。

二〇一一年　　詩二首〈筵席上〉與〈礁〉，收入蕭蕭主編之《二〇一〇年台灣詩選》，亦即《年度詩選》一書。

二〇一一年　　詩作〈橘子的話〉收入《漢語新詩鑑賞》，傅天虹主編。

二〇一一年　　〈大地震之後〉一詩刊《文訊》。附彩色攝影照片，極為精美。

二〇一一年　詩作〈鐘〉又被台灣康熹文化（專門製作教科書、參考書的出版社）選入教材，亦即用於《高分策略——國文》。

二〇一一年　中、英、菲三語詩集《眼中的燈》出版，菲律賓華裔青年聯合會刊行。

二〇一二年　詩集《回音是詩》出版，楊宗翰主編，台灣秀威資訊科技股份有限公司製作發行（列入「菲律賓·華文風」叢書之廿一）。

二〇一二年　獲菲律賓作家聯盟（UMPIL）頒詩聖描轆沓斯文學獎（Gawad Pambansang Alagad ni Balagtas），該獎為菲國最高文學獎，亦為「終身成就獎」。

二〇一二年　三語詩集《眼中的燈》之菲譯版（由施華謹先生翻譯），在年度甄選的最佳國家圖書獎（National Book Awards）中入圍，該獎是菲國榮譽最高的圖書獎每年被提名的由各主要出版社出版的優秀書籍多達幾百本，能夠入圍的卻僅有數本。

二〇一二年　三語詩集《眼中的燈》除在菲國兩家主要書店National Book Store和Power Books，上架出售外，也在菲國數間大學被當作翻譯課本使用。

二〇一二年　詩評集《華文現代詩鑑賞》，與林泉、李怡樂合著出版，台灣秀威資訊科技股份有限公司製作發行，列入新銳文叢之十九。

二〇一二年　受聘為菲律賓「第一屆亞洲華文青年文藝營」之顧問。

二〇一三年　馬尼拉計順市華校，擇取和權詩作〈殘障三題〉等，訓練學生朗讀。

二〇一三年　二月十六日，華校學生在此間愛心基金會朗讀和權的作品〈樹根與鮮鮑〉、〈和平之城〉、〈殘障三

題〉。

二〇一三年　台灣某校高二課程有現代詩，侯建州老師把和權的作品拿出來分享討論。

二〇一四年　詩集《震落月色》出版，台灣秀威資訊科技股份有限公司製作發行，列入秀詩人01。

二〇一四年　和權的詩五篇〈漂鳥〉、〈在畫廊〉、〈住址〉、〈即景〉、〈一尾詩〉選入聯合新聞網udn閱讀藝文〈獨立作家詩選〉──選自《震落月色》詩集。

二〇一四年　和權詩集《我忍不住大笑》、《隱約的鳥聲》、《回音是詩》、《震落月色》、《眼中的燈》（三語詩集）、《華文現代詩鑑賞》等著作，入藏北京「中國現代文學館」。

二〇一四年　詩集《霞光萬丈》出版，台灣秀威資訊科技股份有限公司製作發行，列入秀詩人03。

二〇一四年　和權的詩〈金錢草〉選入台灣名詩人張默傾力編成的第三部小詩選《小詩‧隨身帖》。

二〇一四年　十月，《創世紀》創刊一甲子，《文訊》雜誌特別展出《創世紀》180期詩刊封面，以及四十七位創世紀同仁風格獨具的詩手稿。和權的小詩手稿〈殘障三題〉，與他的照片和簡介一同展出（地點：台北市紀州庵文學森林。日期：十月九日至十月廿六日）。

二〇一五年　詩集「悲憫千丈」出版，台灣秀威資訊科技股份有限公司製作發行，列為讀詩人64。

二〇一五年　中國劇作家協會文學部主辦「華語詩人」大展（八五），推出和權（菲律賓）詩作二十二首。

二〇一六年　「唯美詩歌學會」推薦唯美菲籍華裔著名詩人和權詩作八首（附輕音樂）。

二〇一六年　　東南亞華語詩人作品選《三》，推薦和權詩作〈橘子的話〉、〈找不到花〉。

二〇一六年　　台灣畢仙蓉老師朗讀和權詩作八首。字正腔圓且充滿感情的朗誦，令人一聽再聽不厭。

二〇一六年　　中國萬象文化傳媒詩人，推薦和權的詩十二首。

二〇一六年　　榮獲中國八仙詩社擂台賽「一等獎」，亦即第一名（全國各地三十多位知名詩人參賽）。

二〇一六年　　台灣這一代詩歌社與資深青商總會合辦「吟遊台灣詩詞大賞」活動。榮獲詩獎。

二〇一六年　　台灣2016年度詩選《給蠶》，收入和權的詩四首〈畫夢〉、〈撐開的傘〉、〈一張照片〉、〈一抹彩霞〉。

二〇一七年　　應邀為中國丐幫「華韻杯」詩賽評委。

二〇一七年　　應聘為「中華漢詩聯盟」顧問。

二〇一七年　　中國《蓼城詩刊》第18期，短詩聯盟推薦和權的詩八首，亦即〈新年八首〉。

二〇一七年　　「中華漢詩聯盟」多次為和權製作個人專輯，刊出詩多首。

二〇一七年　　中國《周末詩會》337期，刊出和權的詩多首。

二〇一七年　　中國《詩歌經典2017》出版（經銷：全國新華書店）。收入和權的詩二首：〈小喝幾杯〉、〈勁竹〉。附詩人簡歷及觀點。

二〇一七～二〇一八年　　《中華漢詩聯盟》、《長衫詩人》、《短詩原創聯盟》等，多次刊發《和權小詩專輯》，博得讚譽。

二〇一七年　　《台灣詩學截句選300首》，收入和權的詩四首：〈弦外之音〉、〈情愛〉、〈紅泥小火爐〉、〈失戀〉。

二〇一八年　《中國情詩精選》多次刊發、朗誦和權的詩（點擊率過千），好評如潮。

二〇一八年　中國《短詩原創聯盟》舉辦「和權盃小詩大賽」，參賽者眾。圓滿成功。

二〇一八年　《中國詩歌經典2018年》（經銷：全國新華書店），收入和權的詩三首：〈獨弦琴〉、〈西楚霸王〉、〈舉杯邀明月〉。附詩人簡歷及觀點。

二〇一八年　和權情詩八首〈藍色月光石〉、〈拭淚〉、〈星光藍寶石〉等，選入台灣《這一代的文學——每日一星佳作選集》。

二〇一八年　和權情詩十二首：〈雨中漫舞〉、〈漂泊者返家了〉等，選入台灣《這一代的文學——每日一星佳作選集》。

二〇一八年　《中國情詩精選》第0358期刊發、朗誦和權的詩十首，同時刊發於廣東《觸電新聞》（面對大海朗讀），一萬八千人閱讀。

二〇一九年　台灣《魚跳：2018臉書截句選300首》，選入和權的詩四詩：〈月兒彎彎〉、〈養在詩中〉、〈泡影說法〉、〈火柴〉。

二〇一九年　和權詩七首〈中國神韻之風製作〉，點擊率過六萬。

二〇一九年　中國實力詩人《中國詩人總社檔案2019》（Chinese Power Poet Archive 2019），收入和權的詩〈讀你〉、〈願〉。排在前百名之內第44號（安排於全國新華書店出售）。

二〇一九年　中國《華語詩壇》刊發《陳和權專輯》。閱讀量：4.9萬。

二〇一九年　中國「華語詩壇」特別荐詩，亦即和權題詩：一百年來震驚人類靈魂的十五張新聞照（和權專稿）。

二〇一九年　中國「華語詩壇」刊出《陳和權專輯》。

二〇一九年　獲選中國「名人錄」檔案0045號（收入代表作八首）。

二〇一九年　中國「東佳書社」刊出《和權專輯》。

二〇一九年　選入中國「名家檔案」，列0004號（名家風采榜），並刊出陳和權作品展（詩作八首。附名家評論）。

二〇二〇年　元月中旬，菲律賓中正學院「菲華文學館」展出和權的全部作品（共十九本詩文集）及〈落日藥丸〉等代表作多首。

二〇二〇年　元月下旬，中國「華語詩壇」（第26期）刊發和權的詩〈夜深沉〉、〈天冷〉，閱讀量一萬。

二〇二〇年　元月下旬，中國「名人行」01期，刊出和權的詩〈封城了〉。

二〇二〇年　二月三日，中國「世界名人會」，刊發和權的詩五首。

二〇二〇年　二月四日，中國「名人行」02期，刊出和權的詩〈給地球人〉。

二〇二〇年　十二月，詩作二首收入台灣網路年度詩選。

二〇二一年　三月上旬，台灣國家圖書館徵收和權的寫作手稿。這是一份難得的特殊榮譽。

讀詩人144　PG2612

 愁城無處不飛詩

作　　者	和　權
責任編輯	洪聖翔
圖文排版	黃莉珊
封面設計	蔡瑋筠

出版策劃　釀出版
製作發行　秀威資訊科技股份有限公司
　　　　　114 台北市內湖區瑞光路76巷65號1樓
　　　　　電話：+886-2-2796-3638　傳真：+886-2-2796-1377
　　　　　服務信箱：service@showwe.com.tw
　　　　　http://www.showwe.com.tw
郵政劃撥　19563868　戶名：秀威資訊科技股份有限公司
展售門市　國家書店【松江門市】
　　　　　104 台北市中山區松江路209號1樓
　　　　　電話：+886-2-2518-0207　傳真：+886-2-2518-0778
網路訂購　秀威網路書店：https://store.showwe.tw
　　　　　國家網路書店：https://www.govbooks.com.tw
法律顧問　毛國樑　律師
總 經 銷　聯合發行股份有限公司
　　　　　231新北市新店區寶橋路235巷6弄6號4F
　　　　　電話：+886-2-2917-8022　傳真：+886-2-2915-6275

出版日期　2021年10月　BOD一版
定　　價　360元

讀者回函卡

國家圖書館出版品預行編目

愁城無處不飛詩 / 和權著. -- 一版. -- 臺北市：
　釀出版, 2021.10
　　面；　公分. -- (讀詩人；144)
　BOD版
　ISBN 978-986-445-521-8(平裝)

851.487　　　　　　　　　　110015378